음악의 신

음악의 신 3

이창연 장편소설

초판 1쇄 찍은 날 | 2016년 12월 9일
초판 1쇄 펴낸 날 | 2016년 12월 16일

지은이 | 이창연
펴낸이 | 예경원

기획 | 위시북스
편집책임 | 박우진
편집 | 이즈플러스

펴낸곳 | 예원북스
등록번호 | 제396-2012-000132호
등록일자 | 2012. 7. 25
KFN | 제1-050호

주소 | 경기도 고양시 일산동구 호수로 646-24 위너스21II빌딩 206A호 (우)10401
전화 | 031-819-9431 팩스 | 031-817-9432
E-mail | yewonbooks@naver.com

ISBN 979-11-5845-311-4 04810
       979-11-5845-408-1 (set)

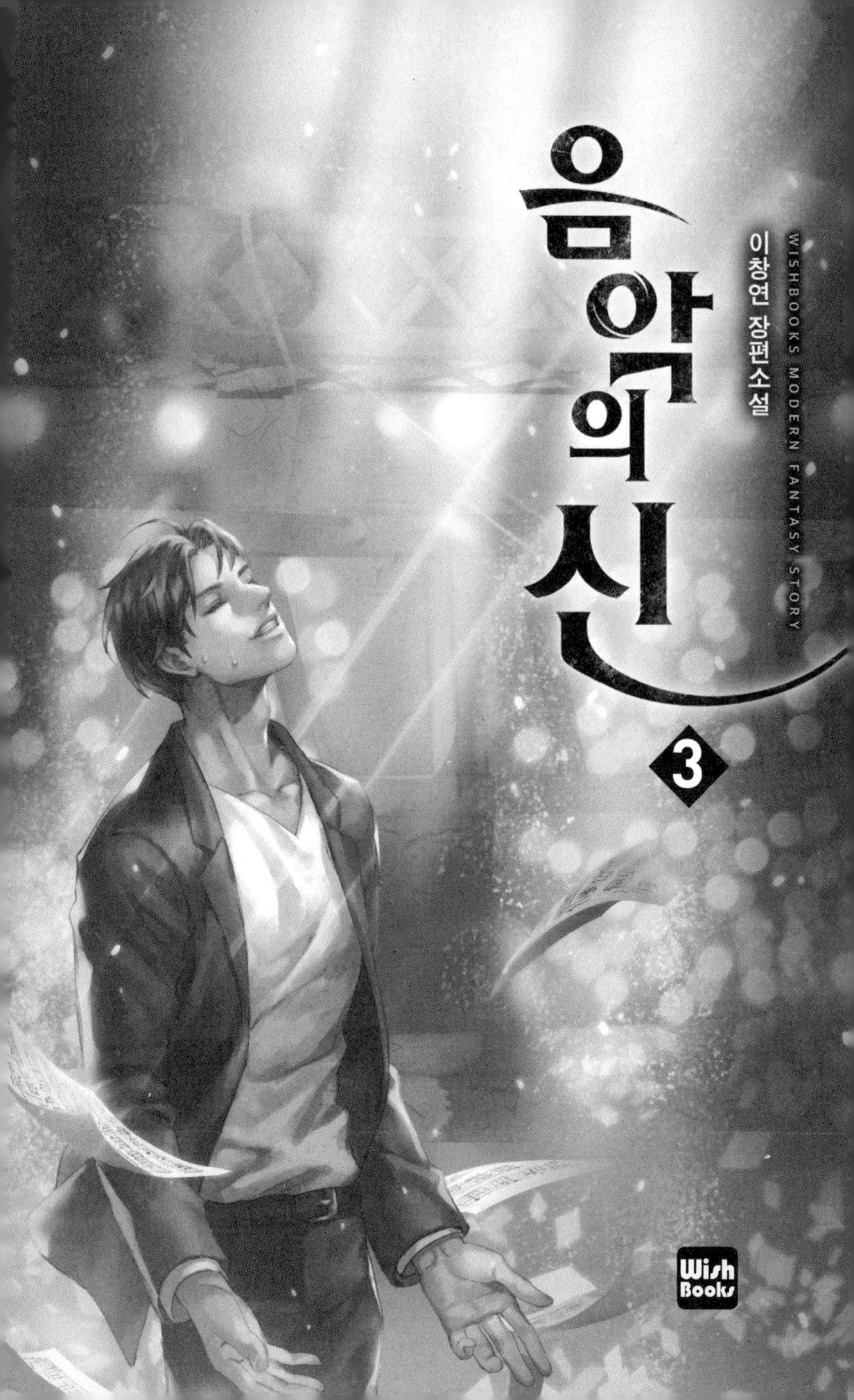
음악의 신
이창연 장편소설
WISHBOOKS MODERN FANTASY STORY
3
Wish Books

CONTENTS

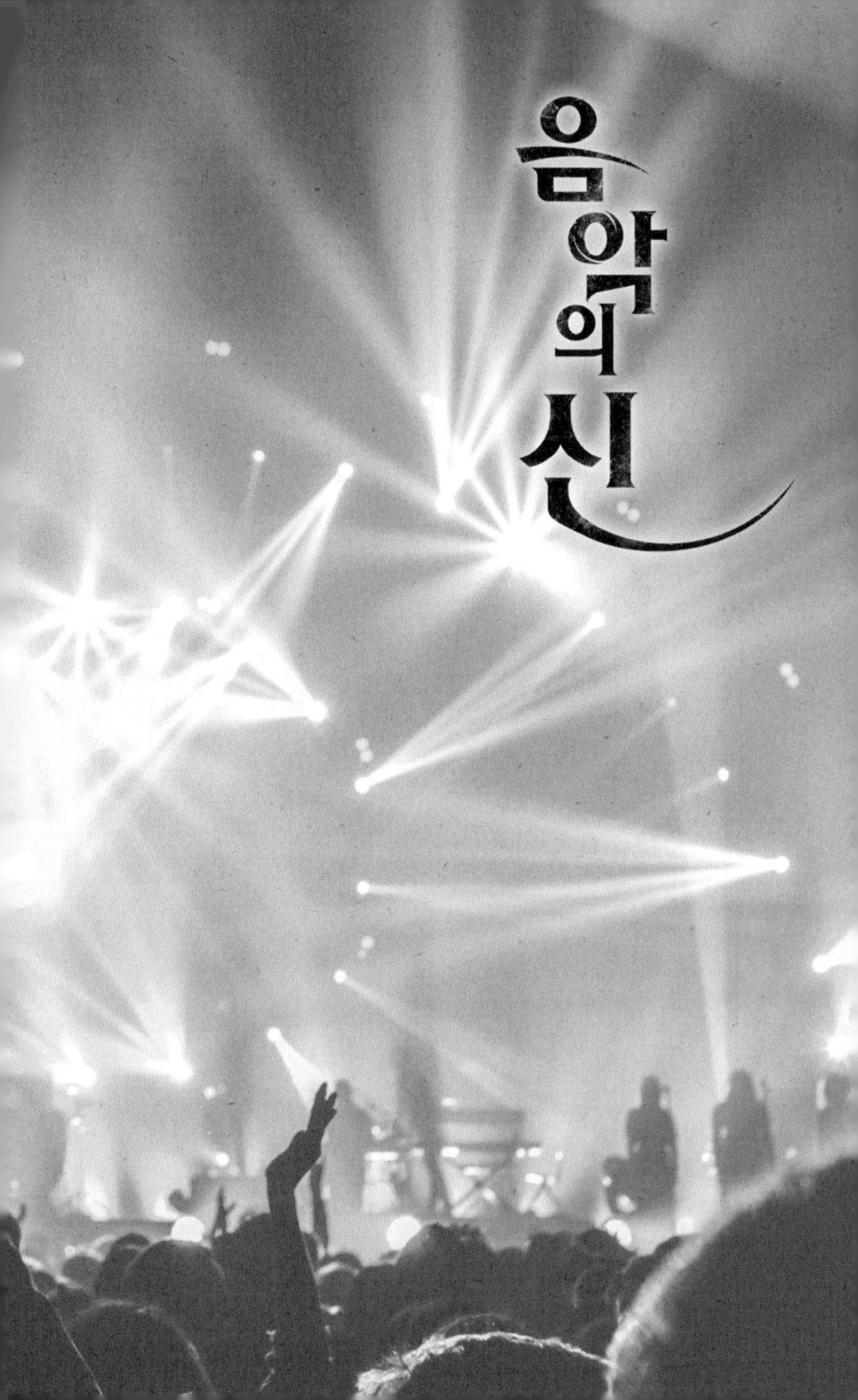
음악의 신

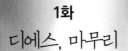

1화
디에스, 마무리

축제의 계절, 5월이 지나고 여름이 왔다.

옷이 짧아져 눈이 즐거운 축복의 계절이지만 누군가에겐 몸에 솟는 김도 더더욱 많아지는 '핫'한 계절이기도 했다.

"야야…… 붙지 마. 개 더워."

정민아는 오늘도 자신의 배를 깔고 누운 크리스티 안에게 투덜거렸다. 격렬한 연습의 후유증 탓에 그녀의 몸에는 김이 모락모락 나고 있었다. 그러나 크리스티 안은 신경 쓰지 않는지 얇은 그녀의 허리에 뜨거운 머리를 냅다 대고 있었다.

"여기가 내 자리야."

결국 정민아는 크리스티 안을 못 당했다. 아니, 받아주고 있었다. 이삼순이 모두와 잘 지내는 모습을 보며 조금씩 그 여유를 닮아가려 노력하고 있는 흔적이었다.

"어? 팀장님이다."

모두가 쉬고 있을 때, 강윤이 에일리와 함께 문을 열고 들어왔다. 모두가 편히 누워 있다가 순식간에 일어나야 했다.

"누워서 편하게 들어."

강윤은 자리에 앉았다. 소녀들 모두가 자리에 앉자 밝은 얼굴로 말을 꺼냈다.

"오늘은 좋은 소식 때문에 왔어. 휴가들 가야지?"

그러자 모두의 눈이 번쩍 떠졌다.

"휴가요? 휴가?"

정민아가 가장 격한 반응을 보였다. 귀여운 모습에 강윤은 피식 웃었다.

"맨날 연습만 하면 효율이 없어. 너희도 쉬어야지."

"앗싸!"

소녀들 모두가 만세를 불렀다. 사실 연습생에게 휴가란 요원한 일이었다. 휴가라고 있어도 대부분 연습실에서 보내는 경우가 많았다. 쉬는 동안 다른 연습생들에게 밀린다고 생각하기 때문이었다.

이런 사정을 강윤이 모를 리 없었다.

"휴가는 일주일이야. 두 조로 나눠서 쉴 거야. 첫 번째 조는 민아, 한유, 크리스티. 두 번째 조는 에일리, 삼순이, 주연이. 한 주씩 돌아가며 쉴 거니까 계획들 잘 잡도록 해. 학교 방학에 맞춰서……. 7월 4주 차와 5주 차에 쉬도록 하자.

이건 무조건 쉬어야 하니까 회사에 남아 있을 생각하지들 말고."

"쉬는 조를 맞바꿔도 되나요?"

한주연이 질문했다.

"그건 알아서들 해. 대신, 꼭 3명씩 나눠서 쉬도록 해."

"네!"

즐거운 휴가 이야기에 모두의 얼굴이 환해졌다. 지금까지 휴일도 없이 연습을 해왔다. 일주일이면 엄청난 기간. 소녀들 모두가 휴가에 뭘 할 건지 벌써 이야기꽃을 피우기 시작했다.

그런데 조용히 있던 에일리가 강윤의 옆구리를 조심스럽게 찔렀다.

"왜 그러니?"

"저…… 그때 미국에 다녀와도 되나요?"

"괜찮아. 대신 늦지 않게 돌아오도록 해."

"네!"

강윤의 허락이 떨어지자 휴가라는 말에도 큰 변화가 없던 에일리의 얼굴이 확 밝아졌다.

드디어 집에 가서 가족을 만날 생각을 하니 벌써 마음이 설렜다. 미국까지 가기엔 어쩌면 짧을지 모를 휴가였지만 그래도, 이렇게 갈 수 있다는 것 자체가 행복이었다.

볼일을 끝내고, 강윤이 조용히 연습실을 나섰는데, 정민아가 그를 따라 나왔다.

"아저씨."

"팀장님."

"⋯⋯예에. 팀장님은 휴가 안 가세요?"

정민아의 물음에 강윤은 잠시 생각하다 답했다.

"글쎄. 아마 이번 일 끝나고 가게 되지 않을까?"

"디에스 선배님들 일이요?"

"응. 왜?"

"아, 아니에요. 그럼 동생분이랑 가시는 거예요?"

"그러겠지? 그런데 왜 그러니?"

"아무것도 아니에요."

정민아는 허둥대며 그대로 연습실로 들어가 버렸다.

"왜 저러지?"

강윤은 정민아의 알 수 없는 행동에 알 수 없다는 듯 어깨를 으쓱이곤 섭외팀 사무실로 향했다.

강윤이 보니 섭외팀은 전화가 빗발치고 있었다. 한쪽에선 전화를 받고, 다른 한쪽에선 리스트를 작성 중이었다.

"이게 현재 섭외 온 행사 리스트군요."

강윤은 섭외팀의 강준영 대리가 정리해 놓은 리스트들을 보며 만족했는지 중얼거렸다. 강준영 대리는 조심스럽게 말했다.

"네. 디에스 관련 섭외는 그 정도입니다."

"흠……. 강 대리가 보긴 어떤가요?"

"네?"

"여기서 디에스가 출연할 만한 방송이 있는 것 같나요?"

강준영 대리는 느닷없이 날아온 질문에 당황했다. 최고 책임자인 강윤이 직접 자신에게 질문을 해올 줄은 예상하지 못했다. 그러나 곧 생각을 정리하고는 이야기했다.

"대부분 예능 프로그램입니다. '달리는 아이돌', '도전의 미' 등 굵직한 것들이 들어오고 있지만, 디에스가 그 프로그램에서 잘할 수 있을지 의문입니다. 아……."

까마득한 상사에게는 차라리 직설적으로 말을 하는 게 낫건만. 그러나 자신이 무슨 말을 했는지 깨달은 강준영 대리는 황급히 입을 다물었다.

"죄, 죄송합니다. 제가 너무 나간 것 같습니다."

"아닙니다. 제 생각도 같으니까요."

"네?"

"일단, 예능은 정중히 거절해 주세요. 그리고 밤에 하는 음악 프로그램들 위주로 받아주십시오. 음원차트는 어떻게 됐죠?"

"지금 10위권 내에 있습니다."

"며칠째입니까?"

"2주째입니다."

강윤은 만족했는지 고개를 끄덕였다. 발매 이후, 순위는

100위권 밖에 있었지만, 거리 공연을 한 이후, 역주행. 지금은 10위권 내에 있었다. SNS의 힘은 정말 무서웠다.

"팀장님! 캔버스 작가에게서 연락이 왔습니다."

강윤이 한창 섭외팀과 이야기를 하고 있을 때, 난데없이 신입 직원의 큰 소리가 들렸다.

"캔버스? KDC의 음악 콘서트군요."

큰 소리가 들려와 신입 직원이 사수에게 혼이 나고 있을 때, 강윤은 차분히 상황을 정리했다.

"받아들이세요. 단, 노래 2곡과 인터뷰를 할 시간을 확보해야 합니다."

"네!"

강윤의 지시를 홍보팀은 충실히 따랐다.

그리고 2주 뒤.

디에스는 처음으로 KDC 방송국의 가장 큰 음악 콘서트, 캔버스의 녹화에 참여하게 되었다.

캔버스 녹화 전, 대기실.

강윤은 캔버스의 사회를 담당하는 윤하나를 찾아갔다. 그녀는 20대 후반의 가수 겸 배우로서 많은 음악적 지식을 보여주기도 하지만 어리바리한 사회와 귀여운 모습도 함께 보여주는 팔색조적인 매력을 지닌 여성이었다.

물론, 어리바리한 모습과는 다르게 까칠하기로도 유명했지만……

"하나야!"

"오빠!"

그런데 강윤은 그녀와 잘 아는 사이였는지 거리낌이 없었다.

"아구구, 강윤 오빠! 진짜 오랜만이다! 요새 잘나간다며? 어떻게 지냈어?"

"먹고살 만해졌지. 하나 너는 잘 지냈고?"

"오빠하고 있을 때만 하겠어? 아, 매니저 마음에 안 들어. 벌써 3번째 관뒀거든."

"너무 까칠하게 구니까 그렇지."

"어어? 우리 사이에 그렇게 까발리기야?"

윤하나는 강윤의 팔을 치며 삐진 척을 했다. 물론 장난이었다. 모처럼 만난 강윤이 반가웠는지 그녀는 동안 페이스를 더욱 활짝 피며 즐거워했다.

"그런데 인사하러 온 거야? 오빠 애들은?"

"화장해."

"디에스? 그 애들이랑 온 거 맞지? 요즘 트위서에 난리더라. 나도 트윗했어."

윤하나는 강윤에게 휴대전화를 보여주었다. 그녀의 휴대전화에는 디에스의 거리공연에 관련된 소식들이 빼곡하게 트윗되어 있었다. 저장되어 있는 디에스의 사진들도 다양했다.

"여기 오빠 사진도 있다? 믹서 잡는 거 봐. 대박. 얼빵한 거 봐. 큭큭."

"표정이 이게 뭐니."

모처럼 만난 과거의 인연과 함께 강윤은 신나게 이야기했다. 강윤의 매니저 시절, 그녀는 신입이었고 그는 경력이 있는 매니저였다. 덕분에 강윤의 도움을 많이 받았었다.

휴대전화를 거두고, 윤하나가 본론을 이야기했다.

"오빠 왜 왔는지 알겠다. 애들 잘 봐 달라고 로비하러 온 거지?"

"로비라니. 뭐, 맞는 말이네. 그리고……."

"그리고?"

강윤은 숨기지 않았다. 윤하나 같이 솔직한 사람에겐 숨겨봤자 독이 될 뿐이다. 그녀에게 부탁하나를 하자 윤하나는 바로 고개를 끄덕였다.

"오빠는 솔직해서 좋아. 우리 매니저는 이래서 아니에요, 저래서 아니에요……. 무슨 변명이 그렇게 많은지. 딱 한마디로 끝내면 좋잖아. 안 그래?"

"사람이 다 네 마음 같겠어."

"아, 몰라. 아무튼, 갈아 치울 거야."

기승전 매니저 아웃.

윤하나는 신나게 매니저 욕을 해댔다. 강윤은 담담히 받아주며 수다를 떨다 본래 대기실로 돌아왔다. 이야기는 이미 잘된 거나 다름없었으니 말이다.

리허설도 끝나고, 본격적인 녹화시간이 되었다.

강윤은 작가가 지정해 준 맨 앞좌석에 자리를 잡고 앉았다. 지정 밴드가 만들어 내는 음표와 가수가 만들어 내는 음표가 잘 보이는 명당이었다.

'지원이었나? 저 가수가? 음표가 떨리는 것 같네.'

춤을 추며 노래를 하는데, 빨간 음표가 미세하게 떨리는 것을 볼 수 있었다. 게다가 떨리는 음표와 반주가 합쳐지니 제대로 섞이질 못하고 있었다. 그래도 춤이 괜찮아서인지 하얀 빛은 약하지 않았다. 그래도 만족스럽진 않았다.

'차라리 춤만 추는 게 낫겠어. 라이브를 왜 해가지고는.'

매우 격렬한 춤을 보여주는 지원이라는 가수를 보며, 강윤은 고개를 흔들었다. 관객들을 보니 아쉬움과 박수가 함께 나오고 있었다.

가수 지원의 노래가 끝나고, 윤하나의 멘트가 이어졌다.

"노래해 주신 지원 씨, 감사드립니다. 이번 가수는요. 최근에 대학가에서 아주아주 날리고 있는 그런 분입니다."

"오오오오--"

이미 누가 나오는지 다 알고 있는 관객들이 이번 순서가 누구인지 모를 리가 없었다. 윤하나는 관객들의 기대감을 증

폭시키기 시작했다.

"대학생들에게 행사비도 장학금으로 쾌척하고 오시고 온 분들이죠."

"와아아!"

이 대목에서 모두가 환호했다. 특히 대학생 관객들이 많은 캔버스 녹화장이다. 장학금이라는 말에 모두가 물개 박수로 반응했다.

"제가 사설이 길었네요. 방송에서 이분들 뵙는 건 거의 처음인 것 같은데요. 소개합니다! 디에스!"

윤하나의 화려한 소개와 함께, 조명이 어두워졌다. 스포트 라이트가 무대 중앙을 비추며 김진경과 윤혜린이 차이나 드레스와 같은 한쪽 다리가 파인 무대의상을 입고 모습을 드러냈다.

"우와아아아———!"

물개 박수와 함께 이어진 환호성이 녹화장을 뒤덮었고, 타이틀 곡, '봄날의 사랑'이 시작되었다.

"푸하하하! 그래서, 그 난입한 관객한테 사탕을 줘서 돌려보냈어요?"

한 곡의 노래가 끝나고, 토크 시간.

윤하나의 난입 관객에 대한 질문에 윤혜린이 수줍게 답하자 그녀에게서 웃음이 터져 버렸다.

"아이고, 사탕 하나에 순진한 분이셨네. 혹시 난입한 관객이 어떤……."

"서른은 넘어 보이셨어요."

"저런……."

"그 이후부터 주머니에 꼭 사탕을 챙겨 다녀요."

"여러분, 사탕 드시고 싶으시면 디에스의 혜린 씨를 찾으세요."

디에스가 거리 공연에서의 에피소드들을 풀어 놓자 관객들도 웃고 디에스도 함께 즐거워했다. 음악이 그들의 마음을 열었고 가수에 대한 이야기가 모두를 즐겁게 만들었다.

'반응 좋네.'

강윤은 계획대로 되는 것에 만족했다. 이제, 남은 건 하나였다.

-형. 나 준비됐어.

강윤이 한참 무대에 집중하던 그때, 휴대전화로 문자가 도착했다.

-OK.

준비해놓은 것이 있는지, 강윤은 바로 답신을 보냈다.

"이제 디에스를 떠나보내야 할 텐데요."

"우우우우-!"

관객들이 언제나처럼 아쉬워했다. 그러나 윤하나는 손을 저으며 준비해 온 이야기를 했다.

"그래도, 여러분을 위해 오늘 특별한 것을 준비해 왔다고 합니다."

"와아아−!"

특별하다는 말에 관객들은 당연히 좋아했다. 윤하나는 분위기를 몰아갔다.

"오늘 무대는 기대하셔도 좋을 겁니다. 디에스의 무대입니다. '봄날의 연인'."

박수 소리와 함께 조명이 다시 어두워졌다. 피아노의 느리지만, 리듬감 있는 연주와 함께, 윤예린의 목소리가 무대를 울리기 시작했다.

−난 따스한−봄이 좋아− 아름다운── 네가− 내게로−

사람들이 그녀의 소리에 집중하기 시작했다. 이전 노래가 통통 튀는 감각적이었다면 지금 곡은 느린 감성이 살아 있는 재즈곡이었다.

−마법에− 빠진− 아이같이−!

그리고 김진경의 소리가 무대에 흐르자 사람들도 반응을 시작했다. 곡이 기에서 승으로 흘러가기 시작했다.

'이젠 잘하네.'

보라색 음표들과 악기들의 음표들은 강윤이 걱정할 바가 아니었다. 잘 섞여 강한 빛을 발하니 사람들 모두가 손을 들어 흔들고 있었다. 무대는 천천히 그녀들이 장악해 가고 있었다.

1절이 끝나고, 2절.

김진경에게서 시작되어 윤혜린에게 흘러 화음으로 흐르니 사람들의 환호도 더더욱 높아져 갔다. 앞선 노래의 환호와 크게 다르지 않은 반응이었다.

그러나 변화는 후렴을 넘어 절정에서 일어났다. 스포트라이트가 하나 더 켜지며 무대 끝을 비췄다. 그곳에서……

─그대는─ 내게─ 유일한 행복─

그녀들의 소리를 받아넘기는 남자 가수가 있었다. 묵직한 저음으로 소리를 배가시켜, 더더욱 곡의 분위기를 살리는 남자 가수, 그는…….

"이준열이다!"

"이준열?!"

"꺄악!"

관객의 환호에 맞춰 무대 위에 세 개의 스포트라이트가 세 명의 가수를 고루 비췄다. 그와 함께 화려한 무빙라이터가 화려함을 더해가며 노래가 절정으로 흐르기 시작했다.

─For──The Rest─ I───Love You───!

남과 여, 소리의 조화가 이루어지니 모든 관객이 일제히 자리에서 일어났다. 완벽한 하모니였다.

'좋아!'

강윤은 손을 불끈 쥐었다. 이준열의 음표와 디에스의 음표가 완벽하게 조화를 이루어 엄청난 하얀 빛을 만들어내고 있었다. 500명의 관객 모두에게 골고루 빛이 스며들어 누구 할 것 없이 환호하고 손을 들었다.

오늘, 캠버스에 출연하기로 한 이준열에게 피처링을 부탁한 게 주효했다. 이 노래 자체도 이준열이 피처링을 한 곡이었다. 철저한 계산 속에 만들어진 무대였다.

오늘 무대가 방송에 나가면 앞으로 그녀들에게 다른 미래가 펼쳐질 거라, 강윤은 확신했다. 단순한 인터넷과 거리의 가수를 넘어 진정한 대중가수로 거듭나게 될 것이다.

-I~ Love- You--!

"와아아아아아아아!"

"꺄아아악! 이준열!"

"디에스! 디에스!"

노래가 끝나자, 무대를 뒤흔드는 엄청난 관객의 소리가 강윤의 귓가를 울렸다.

무대 위의 디에스와 이준열은 공연의 여운에 잠겨 가슴이 먹먹해졌다.

2화
인연은 사기를 싣고

　이사의 집무실로 갈 일이 거의 없는 강윤이었지만 오늘은
갈 일이 생겼다. 이한서 이사가 그를 초대했기 때문이었다.
강윤은 평소와는 다르게 빈손으로 그의 집무실로 향했다.

　이한서 이사의 집무실에서 강윤은 이한서 이사가 손수 내
온 고급 차를 음미했다.

　"차 향이 좋군요."

　"저번에 중국에 갔을 때 사온 군산은침입니다. 드시지요."

　이한서 이사는 차 마니아였다. 황색의 빛깔이 도는 차는
향이 깊었고 은은했다. 차에 크게 관심이 없던 강윤도 처음
경험해보는 깊은 향에 눈동자가 커졌다.

　"이런 귀한 차를 대접해 주시다니…… 감사합니다."

　"생색 조금 내보면, 1년에 300㎏밖에 나지 않는 것들이지

요. 물론, 이 팀장님이 해준 일에 비하면 아무것도 아닙니다만…… 디에스 애들을 스타로 만들어 주신 거, 정말 잊지 못할 겁니다."

"이런. 이렇게 귀한 차인 줄은 몰랐습니다. 감사합니다."

강윤이 늦게나마 고마움을 표하자 그는 곱게 미소를 지었다.

이한서 이사는 힘들게 구한 단 한 봉밖에 없던 귀한 차를 내와 강윤에게 대접했다. 그만큼 강윤에게 받은 게 컸다는 의미였다. 원진문 회장, 아니, 그 이상의 귀한 손님이 와도 대접한 적이 없는 귀한 보물이었지만 전혀 아깝지 않았다.

향이 좋아서일까, 강윤이 순식간에 비어버린 잔을 다시 채워주며 이한서 이사는 차분히 말했다.

"캔버스가 방송에 나간 이후, 난 이 팀장이 이토록 빠르게 인수인계를 해주실 줄은 몰랐습니다. 지금 성과들을 보면 이 팀장 앞으로 다 돌아갈 공인데……. 솔직히 놀랐습니다."

"제가 할 일이 끝났으니까요. 더 붙들고 있어 봐야 같은 일만 반복될 뿐입니다. 안정되었다면 본래 자리로 되돌리는 게 당연합니다."

이한서 이사는 진심으로 감탄했다. 그리고 한편으론 의문도 들었다. 감사하는 마음과 알고 싶은 마음이 함께 했다. 지금까지 회사에서는 볼 수 없었던 스타일이라 이강윤이라는 사람은 알면 알수록 신기했다.

그런 이한서 이사의 마음을 아는지 모르는지, 강윤은 자신의 이야기를 이어갔다.

"이사님께서도 디에스를 많이 아끼셨던 거로 알고 있습니다. 그러나 이사님이 사내에서의 영향력이 부족…… 아, 죄송합니다. 제가 실언을…….."

"괜찮습니다."

강윤의 직선적인 발언을 이한서 이사는 사양하지 않았다. 강윤은 멋쩍은 미소를 짓고는 말을 이어갔다.

"솔직히 이사님의 영향력은 다른 이사님들에 비해 작은 편이라 알고 있습니다. 그 원인이 무엇인지까지는 잘 모르겠습니다만……. 아무튼 영향력이 작고 회사의 지원이 적었던 게 디에스의 기획에 영향을 주지 않았나 생각합니다."

"약한 부분이 있으면 케어를 하고, 강점으로 밀었어야 했는데 그러지 못했다는 말이군요. 이 팀장 말이 맞습니다. 이해했습니다."

"이제 발판은 마련되었습니다. 다른 이사님들도 지금부턴 이사님을 함부로 하지 못할 겁니다. 디에스가 좋은 노래를 부를 수 있도록 잘 이끌어 주십시오."

강윤은 더 말이 없었다. 잘 키운 자식을 떠나보내는 심정이었다. 그러나 이한서 이사가 잘해줄 것으로 생각하고 미련을 두지 않았다.

이한서 이사는 혹시나 그의 말이 더 있을까 기다렸지만,

강윤은 차 향을 즐길 뿐이었다. 군산은침이 주는 깨끗한 향과 상쾌한 맛은 강윤이 지금까지 맛본 차 중 최고였다. 그가 차 향에 심취한 모습을 보며 이한서 이사는 자신 있게 이야기했다.

"다음엔."

이한서 이사가 자신의 빈 잔에 차를 따르며 선언했다.

"내가 이 팀장의 힘이 되어 드리죠."

"도움을 받을 날을 기대하겠습니다."

"이 사장님과는 물론 별개의 일입니다."

"하하하. 알겠습니다."

군산은침이 주는 깨끗한 향이 집무실을 은은하게 뒤덮는 가운데, 두 사람은 조용히 여유를 즐겼다.

♪ ♫ ♪ ♩ ♪ ♫ ♪ ♪

김진경과 윤혜린은 바쁜 여름을 보내고 있었다.

캔버스에서 이준열과의 듀엣이 방송에 나간 이후, 음악방송을 비롯한 각종 방송무대는 물론 예능, 심지어 드라마 카메오 출연 요청까지 쇄도하기 시작했다. CF는 물론 행사는 말할 것도 없었다.

강윤이 그녀들의 앨범을 맡게 된 지 3개월도 흐르지 않아 일어난 기적이었다.

"아! 피곤해에……."

이제는 정든 봉고차가 아닌, 밴 안에서 김진경은 목에 베개를 끼고 몸을 뉘었다.

"진경아. 너 그러다 머리 눌린다?"

"어떻게든 되겠지. 준희 언니. 이따 나 머리해 줘요."

윤혜린의 말을 깔끔하게 무시한 김진경은 그대로 잠이 들어 버렸다. 하루 2시간 수면의 강행군은 그동안 한가함에 길들어 있던 그녀들에겐 쉽지 않은 일이었다.

"오빠, 근데 어제 이 팀장님 못 봤어요?"

윤혜린이 지금도 함께 행동하고 있는 로드 매니저에게 물었다. 그는 대학 거리공연을 시작으로 봉고차를 몰면서부터 그녀들과 함께해 정이 많이 든 로드매니저였다.

"아직 못 들었나 보네? 오늘부로 이 팀장님 말고 2팀으로 담당 바뀌었어."

"네?"

윤혜린의 톤이 확 높아지고, 청천벽력 같은 소리에 뒤에서 눈을 붙이던 김진경마저 벌떡 일어났다.

"무슨 소리예요, 오빠? 팀이 뭐가 어째요?"

조금은 버릇없어 보이는 말에도 로드 매니저는 별 반응 없이 투박한 음성으로 답했다.

"이제 원래대로 팀 바뀌었어. 나도 어제저녁에 공문 받아서 알았어. 이제 우리는 제2기획팀으로 다시 복귀야."

"아⋯⋯."

윤예린은 얼이 빠졌다. 김진경은 어이가 없는지 온몸을 부들부들 떨어댔다. 강윤이 옆에 있을 땐 무슨 일을 해도 다 괜찮을 것 같은 안정감이 있었건만, 이제 그런 안정감을 이제 누릴 수 없게 되다니⋯⋯.

두 사람에게서 아쉬움과 안타까움, 복잡함이 뒤섞여 한숨을 내쉬었다.

"우리 그럼 예전하고 똑같이 되는 거예요?"

윤예린이 올라간 톤으로 재차 묻자 로드매니저가 고개를 흔들었다.

"설마. 스케줄은 이전하고 같고 차이 없어. 담당자만 바뀐다고 들었어. 자세한 건 이따 기획팀장님 만나서 들어."

"아⋯⋯ 뭐야, 이게."

윤예린에게서 평소의 웃는 낯은 사라지고, 무표정한 얼굴이 확 살아났다. 이제 제대로 떠서 더 높이 날아보려 했건만, 짜증이 확 일어났다. 김진경도 그녀와 별반 다르지 않았다.

밴 안에 살기까지 흐르는 통에 다음 스케줄 장소에 도착해 밴에서 내릴 때까지, 아무도 그녀들에게 말을 걸지 못했다.

♪┌♪┘♪♪♪┘♪

이현지 사장은 모처럼 강윤을 사장실로 호출했다. 강윤이 디에스 업무를 시작한 이후 처음이니 근 3개월이 조금 안 돼서였다.

"여기서 보는 건 오랜만이죠?"

"사장실이 새로울 줄은 몰랐습니다."

"이 팀장 손이 빈손이란 게 더 새롭군요."

결재받을 서류가 있는 게 아니라 강윤은 빈손이었다. 두 사람은 가벼운 말을 주고받으며 자리에 앉았다.

"디에스에 관련된 성과들은 잘 들었습니다. 인수인계도 매우 빠르게 했더군요. 오히려 이사들이 놀라고 있어요. 무슨 꿍꿍이가 있는 게 아니냐면서."

"사람은 자기가 가진 가치관대로 생각하는 법이죠."

강윤은 필요하다고 생각할 때에 맞춰 인수인계를 했을 뿐이었다. 그런데 그것만으로도 왜 그렇게 말들이 많은 건지. 웃기는 종자들이었다.

"이 팀장이 오기 전, 이한서 이사가 찾아 왔었습니다. 앞으로 이 팀장이 하는 일에 절대적인 지지를 보내겠다고 약속하고 갔어요."

"감사한 일이군요."

"도와준다곤 말했다는데, 아무래도 뜻이 제대로 전달되지 않은 것 같아 다시 왔다더군요. 직접 말하긴 쑥스럽다고 저한테 이야기하고 갔어요. 중년 남자는 부끄럼쟁이더군요. 남자들끼리의 티타임은 좋았나요?"

"네. 귀한 차를 대접받았습니다."

"이한서 이사의 차 사랑은 유명하죠. 회장님도 가끔 쳐들 어가서 강탈해 올 정도니까요."

조금 전에 있었던 간접고백에 이현지 사장은 쿡쿡거리며 웃었다. 강윤은 그저 어깨를 으쓱일 뿐이었다.

분위기가 가벼워지자 이현지 사장은 헛기침하곤 화재를 전환했다.

"이번 디에스 건은 앞으로 이 팀장이 하는 일에 날개를 달 아줄 겁니다. 내부에서의 커리어는 말할 것도 없고, 외부에 서 일할 때도 이점이 될 겁니다. 회사에서도 다양한 능력을 갖춘 기획자를 갖추고 있다는 이점을 가지게 되었습니다. 외 부에 단독으로 파견을 보낼 수도 있을 테니까요. 이 팀장."

"네, 사장님."

"혹시 원하는 거 있어요? 회사에서 당연히 나가는 포상금 같은 거 말고, 원하는 게 있으면 말해봐요. 돈도 물론 괜찮 아요."

소원이라는 말에 강윤은 잠시 생각했다. 이제 강윤을 알아 보기 위한 수를 쓰기에는 시기가 오래 지났다. 즉, 진짜 원하 는 걸 말해보라는 의미였다.

"잠시 생각해 봐도 되겠습니까?"

"그렇게 해요."

이현지 사장에게 양해를 구한 강윤은 잠시 생각에 잠겼다.

'음표를 보는 힘을 더 다양하게 활용하고 싶은데. 이걸 말할 순 없는 노릇이고…….'

강윤은 현재 자신이 갖추고 있는 무기들을 생각해 봤다. 그건 미래를 알고 있다는 것과 가수나 악기의 노래, 그리고 그것이 조합되었을 때 어떨지를 '눈'으로 보는 힘이 있다는 것이다. 지금까지 쌓아온 다양한 경험들과 과거를 알고 있는 것, 그리고 음표를 보는 힘 등을 조합해 지금까지 달려왔지만, 미래에도 그게 가능할지는 확신할 수 없었다.

'내가 알고 있는 미래와 앞으로의 미래는 많이 달라질 거야. 민진서도 그렇고 디에스도, 앞으로 만날 다른 가수나 연예인들도 미래가 변하겠지.'

미래를 바꾼다는 죄책감 같은 건 없었다. 어차피 미래는 자기 스스로가 노력으로 만드는 것으로 생각하고 있었으니 말이다.

그저 조금 더 유리한 위치에 서 있을 뿐이라고 생각할 뿐이었다. 지금 중요한 건 알고 있는 미래와 다가올 미래가 달라질 것에 대한 대비였다. 결국 '보는 힘'을 살려야 한다는 결론이 나는데 그 방법이 뭔지, 강윤은 고민하고 또 고민했다.

'결국, 노래는 음(音)이다. 잠깐. 음표는 음악이잖아. 그렇다면 음악을 배운다면……. 아!'

그때, 강윤의 머릿속을 스치는 번개가 있었다. 그는 저도 모르게 박수를 쳤다.

"좋은 생각이 떠올랐나 보군요."

이현지 사장이 미소를 띠며 강윤의 답을 재촉했다. 그러자 강윤은 차분히 소원을 이야기했다.

"음악, 그러니까 화성학을 배우고 싶습니다."

"네? 화성학이요?"

전혀 예상치 못한 강윤의 말에 이현지 사장은 멍해졌다가 이내 크게 웃음을 터뜨렸다.

"하하하하하! 화성, 화성학이요? 하하하하하!"

"사장님……."

"하하하하! 아, 미안해요. 근데, 아이고, 배 아파. 하하하!"

강윤의 말이 황당했는지 이현지 사장은 한참 동안 웃음을 터뜨렸다. 그녀의 웃음코드는 참 특이했다. 그렇게 한참을 웃은 후에야 이현지 사장의 웃음이 멈췄다. 다시 원래의 차분한 모습으로 돌아간 그녀는 헛기침하곤 이야기했다.

"화성학이라, 정말 너무 의외군요. 아, 내가 무례했군요. 무시하려는 건 절대 아니니 오해 말아요."

"아닙니다."

"어려운 소원은 아니네요. 내가 아는 예술대학 교수님이 있어요. 곧 9월이니 개강을 하겠군요. 청강이나 개인교습은 어떨까요?"

"청강 말씀입니까?"

기껏해야 동영상 강의 정도를 생각했던 강윤은 대학을 이야기하는 이현지 사장의 스케일에 놀랐다. 그는 대학 수업에 쉽게 따라갈 수 있을까 싶었다. 게다가 청강이라지만 강윤 스스로가 너무 바빠 출석을 자주 할 수 있을지도 의문이었다. 그런 그의 걱정을 아는지 그녀가 먼저 말했다.

"나와 친한 선배가 한려 예술대학 교수님이에요. 교양과목으로 화성학 기초를 개설했는데 거기서 수업을 들으면 좋을 것 같군요. 미리 말해 놓을 테니 청강을 하고 수업에 빠지게 되면 가서 보충수업을 받으면 될 겁니다. 한려 예술대학 학생들과 인맥도 쌓고, 개인적으로 좋은 기회가 될 수 있겠어요. 수업료야 내가 다 알아서 할 테니 걱정 안 해도 됩니다."

"사장님. 감사합니다."

"이 팀장에게 이 정도 투자야 당연히 해줘야죠."

이현지 사장은 바로 전화를 걸어 9월에 청강생 한 명을 받아 달라고 부탁했다. 상대방은 바로 쿨하게 OK를 했는지 통화도 길지 않았다.

그렇게 강윤은 생전 인연이 없던 대학이라는 곳에 가게 되었다.

"희윤아, 무슨 짐이 그렇게 많아?!"

강윤은 희윤이 여행용 가방에 챙긴 짐들을 보곤 기겁을 했다. 동생이 필요하다며 챙긴 짐을 보니 여행용 가방 두 개는 너끈히 들어가고도 배낭 하나가 더 나왔다.

"2박 3일 휴가 가는 거잖아. 그래도 오빠 말대로 필요한 것만 넣었어."

"……필요한 것만 넣은 게 가방 3개니?"

대체 여자들은 필요한 게 얼마나 많은 건지, 강윤은 기가 막혔다. 강윤이 챙긴 짐이라곤 달랑 가방 하나였다. 옷 3벌, 속옷 3벌, 스킨로션 등의 화장품과 의료품이 끝이었다.

"그래도 뺀 거 많아. 차 타면서 읽을 책도 뺐고……."

"……."

이사 가느냐고 묻고 싶었지만 차마 그렇게까지 말은 하지 못했다.

"……우리 펜션 가는 거야, 펜션. 그리고 차도 있어. 정말 옷이나 화장품 같은 개인 용품만 있으면 된다고. 약들은 당연히 챙겨야 하고."

"우…… 정말 필요한 것만 챙긴 건데……."

"희윤아. 넌 이 드레스 같은 옷을 바다에서 입을 거니?"

"……."

강윤이 여행용 가방에서 레이스가 치렁치렁한 옷을 꺼내들자 희윤은 딴청을 피웠다.

"아니, 무슨 샴푸 통을 통째로 집어넣었는데? 거기 다 있다고 말했잖아. 그리고 모자가 몇 개야? 하나, 둘……. 10개?!

이걸 다 쓰려고?!"

"헤헷."

강윤은 희윤의 방을 통째로 옮긴 것 같은 여행용 가방에서 쓸모없는 짐들을 다 골라냈다. 옷장을 통째로 털어낸 것 같은 옷들부터 용품들까지 3일간 사용할 양만 놔두고 모조리 밖으로 꺼냈다.

당연히 희윤이 안 된다며 난리가 났다.

"오빠, 이 정도론 부족해……."

"거기 다 있다니까. 마트도 있어."

"힝……."

결국, 가방 3개를 강제로 1개로 줄이는 데 성공한 강윤은 시무룩한 희윤을 놔두고 가방을 차에 실었다. 잠시 시무룩했던 희윤도 곧 대문을 나서 차에 올랐다.

"진짜 가는 거야?"

"그럼 가짜로 가겠어?"

"꿈같아. 여행이라니……. 통영이면 한려수도 있는 데 맞지? 들었는데 거기 엄청 예쁘대."

몸이 아프다, 돈이 없다. 등등 여러 가지 이유로 여행다운 여행 한 번 못 가본 두 사람이었다. 그러나 오늘 그 소원을 풀게 되었다.

"출발!"

희윤의 설레는 소리와 함께 강윤이 운전하는 차는 통영으로 출발했다.

투석도 받았겠다, 만반의 준비를 한 강윤과 희윤은 통영에
예약해 둔 펜션으로 향했다. 고속도로가 막히지 않아 두 사
람은 쾌적한 여행을 할 수 있었다.

"오빠, 아~"

운전 중인 강윤에게 희윤은 휴게소에서 산 통감자도 넣어
주며, 학교에서 일어난 이야기도 해주었다. 남매의 차 안은
오순도순 화기애애했다.

"요새 주아가 자꾸 전화해."

"주아가? 왜?"

"곧 앨범 낸대. 그래서 그런가 오빠 한가하냐고 자꾸 물어
본다? 왜냐고 물어봐도 이유는 말 안 해주고. 오빠, 혹시 주
아하고 썸 같은 거 있는 건 아니지?"

"아서라. 오빠 수갑 차기 싫다."

썸이라는 말에 강윤은 어이가 없다는 듯, 코웃음을 쳤다.
사회생활을 일찍 시작했다 해도 20살도 안 된 주아가 여자로
보이겠는가. 뚜렷하게 좋아하는 여성관이 있는 건 아니었지
만 너무 어린 연하는 사절이었다.

희윤은 오빠의 여자에 관심이 많았는지 계속 물어왔다.

"회사에 괜찮은 여자는 없어?"

"일하느라 바쁘다. 너는? 남자친구 없어?"

"내가 그런 게 어디 있겠어…….."

"우리 희윤이가 어때서? 예쁘지, 몸매…… 그건 아니구나."

"오빠!"

디스가 흐르고, 애정이 흐르는 차 안은 화기애애했다.

강윤이 디에스 앨범 기획 탓에 계속 늦으니 희윤에게 많이 신경을 쓰지 못했다. 그래서 항상 마음에 걸렸었다. 그래도 이렇게 휴가를 떠나며 많은 대화를 할 수 있게 되니 강윤은 다행이라 느꼈다.

강윤과 희윤이 탄 차는 어느새 톨게이트를 나와 일반도로로 진입해 얼마 지나지 않아 전통시장이 나왔다.

"먹을 것 좀 사가자."

"오빠, 매운탕!"

강윤은 희윤과 함께 전통시장 투어에 나섰다. 희윤은 평소에 거의 보지 못하는 활어들이 신기했는지 꺅꺅 소리를 연발했고 그 모습에 상인들도 웃음을 터뜨렸다.

강윤은 매운탕거리와 고기 등을 한가득 구입해 차로 향했다.

"바로 갈 거야?"

"구경 좀 하다 갈까?"

강윤은 희윤과 드라이브에 나섰다. 통영은 볼거리가 많은 곳이었다. 각종 관광지에 섬, 먹거리 등 강윤과 희윤은 여러 곳을 돌며 관광을 즐겼다.

　두 사람이 통영 투어를 즐기다 펜션에 도착했을 때는 막 석양이 지기 시작한 저녁 시간이었다. 차를 주차장에 세운 강윤과 희윤은 마중 나온 주인의 안내를 받아 숙소에 짐을 풀었다.

　"우와, 여기 좋다!"

　희윤이 넓은 방 여기저기를 둘러보며 탄성을 냈다. 게다가 집 앞에 바다가 보이고, 마당에는 잔디도 있었다. 3개의 방과 싱크대와 깔끔한 화장실도 갖추어져 있는 쾌적한 펜션이었다. 두 명이 아니라 단체로 더 많은 손님이 와도 소화가 가능할 규모였다.

　"그럼 좋은 시간 보내세요."

　주인은 쓸데없는 말없이 안내만 끝내고 바로 퇴장했다. 아무래도 오해를 한 모양이었다. 강윤이나 희윤이나 어머머 하며 웃어버리곤 이내 장을 봐온 물건들을 꺼내 냉장고에 정리하곤 저녁을 준비했다.

　"아, 배불러!"

　배를 든든하게 채운 희윤은 빵빵해진 배를 두드렸다. 기지개를 켜며 어둠이 내린 바다를 보니 이런 게 여유라는 생각이 밀려왔다. 처음 느껴보는 여유라는 감정에 마음에 절로 평안이 찾아왔다.

'오빠는 잔다고 했고…….'

운전의 여독이 몰려왔는지 강윤은 저녁 식사가 끝나자마자 바로 잠이 들었다. 반면 여행의 흥분 때문인지 희윤은 쌩쌩했다.

'좀, 걸어볼까?'

파도 소리에 기분이 좋아진 희윤은 밖으로 나섰다. 어둠이 내린 한적한 바다를 거닐며 바람을 맞으니 절로 시인이 되는 기분이었다.

'행복해.'

시원한 바람이 그녀의 긴 머리칼을 흩날렸다. 마음까지 상쾌해지는 기분이었다. 언젠가부터 과거에는 상상도 못 할 일들이 계속 일어나고 있었다. 희윤 자신이 이런 바람을 맞으며 바다를 거닐게 될 거라는 생각을, 불과 몇 달 전까지만 해도 다른 사람들의 이야기였다. 그런데 자신의 이야기가 되다니……. 희윤은 그저 행복했다.

희윤이 행복감에 젖어 콧노래를 흥얼거리는데, 저 멀리서 기타 소리가 들려왔다.

'소리 좋다.'

파도 소리에 섞여 희윤의 귓가에 기타 소리가 흘러 들어왔다. 멀지 않은 바위 위에 한 소녀가 기타를 치는 모습이 눈에 들어왔다. 어스름한 빛에 비친 소녀의 모습에 이끌린 걸까,

희윤은 천천히 그곳으로 향했다.

"나를~ 찾아오지 않더라도 괜찮……."

기타를 치던 소녀는 희윤의 인기척을 느꼈는지 손을 멈추고 기타를 내려놓았다.

"누구?"

"아. 그게. 소리가 너무 좋아서……."

소녀는 희윤과 또래로 보였다. 그녀는 어둠에 잘 보이지 않는 희윤을 경계했다. 그 눈빛에 희윤도 놀랐다. 가까이서 보니 자신의 또래가 분명했다. 작은 얼굴, 작은 체구에 귀여운 인상이 달빛에 어스름이 비쳤다. 그녀가 들고 있는 클래식 기타가 오히려 더 커 보였다.

"아…… 그래?"

"응."

그런데 칭찬에 약한 걸까, 소녀는 희윤의 말에 씨익 웃었다.

"앉아."

또래는 또래를 알아본다 했던가. 이내 말을 놓아버린 소녀는 자신이 깔고 앉아 있던 박스 하나를 희윤에게 내주었다. 희윤이 박스를 깔고 앉자 그녀는 다시 노래와 기타를 연주하기 시작했다.

"여기 내가 있어요~ 작은 꽃을 들고—"

작은 체구에 맞지 않게 소녀의 목소리는 허스키하고 힘이 있었다. 저 작은 몸에서 저런 목소리가 나오는 게 희윤은 신기했다. 희윤이 보기에 기타도 수준급이었다. 현란한 손놀림과 멜로디는 희윤을 단번에 사로잡았다.

"여기— 있어요~"

"와아!"

노래가 끝나자, 희윤은 박수를 쳤다. 소녀는 쑥스러웠는지 고개를 돌리며 헛기침을 했다.

"노래 완전 잘한다."

"요즘엔 다들 이 정도는 해."

"내가 봤을 땐 완전 최곤데? 가수 같아."

"……."

희윤의 거듭되는 칭찬에 소녀는 살짝 얼굴이 붉어졌다. 그러나 나오는 말은 정반대였다.

"아니래도. 에이. 다른 거 해야겠다."

그래도 소녀의 얼굴에는 웃음이 떠나지 않았다. 소녀의 수줍음을 반영하는지 손놀림은 전보다 더 현란했다. 조금 전의 노래가 느린 템포의 발라드 곡이었다면 이번 곡은 빠른 템포의 곡이었다.

희윤은 박수를 치며 완전한 관객모드로 들어갔다. 달빛의 공연은 낭만이 있었다.

"으음……."

강윤이 눈을 떴을 땐, 사방이 이미 어두워져 있었다. 펜션 밖으로 나가보니 희윤이 없다는 걸 깨달은 강윤은 바로 전화를 걸었다.

―응, 오빠.

"어디야?"

―여기 근처 바다.

"바다?"

―응. 조금 나오면…….

희윤에게서 어디 있는지 설명을 들은 강윤은 바로 달려 나왔다. 어두운 밤에 몸도 약한 애가 혼자 바닷가에 나갔다니 놀래 자빠질 일이었다.

그런데 강윤이 바닷가로 나가니 희윤은 혼자 있는 게 아니었다. 희윤으로 보이는 인영 앞에 사람이 한 명 더 있었다. 그리고 그의 눈에 비치는 빛도 있었다.

'공연?'

자세히 들어보니 기타 소리였다. 그리고 약하게나마 하얀 빛이 비치고 있었다. 강윤은 바로 그곳으로 달려갔다.

"이희윤!"

"오빠."

강윤이 급히 달려온 통에 기타 소리가 멈춰 버렸다.

"혼자서 나오면 어떡해. 같이 나와야지."

"그냥 산책 삼아서……."

희윤이 뭐라 말을 하기도 전에 강윤은 잔소리를 퍼부었다. 어두워졌는데 이 시간까지 뭐하느냐부터 다음부터는 꼭 연락하라는 말로 끝낼 때까지. 강윤은 눈앞의 기타 소녀는 보이지 않는지 희윤이 수긍할 때까지 말을 멈추지 않았다.

마침내 희윤이 수긍했다고 느낀 강윤의 잔소리가 끝나자, 희윤은 강윤에게 기타 소녀를 소개해 주었다.

"오빠, 인사해. 방금 사귄 친구야."

"친구?"

"박소영이에요. 안녕하세요?"

그새 친구를 만들었다니, 강윤은 조금 당황했다. 그러나 희윤의 친구라니 나쁜 일이 아니었다. 동갑내기 친구라니, 물론 희윤에겐 좋은 일이었다. 강윤은 얼른 인사를 하고는 간단하게 방금 있었던 이야기들을 들었다.

"……실용음악 지망생이야? 그것도 작곡?"

"네. 집에서 연습하면 시끄러우니까 이렇게 나와서 연습해요."

박소영은 학원이 너무 멀어 자취한다고 했다. 집에서 소음을 내며 연습을 할 수는 없어 이렇게 바다로 나와 연습을 하고 있다 했다. 그때 희윤을 만난 거라 이야기했다.

"작곡이라…… 쉽지 않은 길을 가는구나."

"네. 재수나 삼수는 기본이라니까, 열심히 해야죠."

박소영에게선 말로 할 수 없는 음악인의 분위기가 풍겼다. 보통 음악이나 예술을 하는 사람들 특유의 분위기와 비슷했다. 말로 설명하기 힘든 그들만의 느낌을 강윤이 모를 리 없었다.

"잘되길 바랄게."

"네. 감사합니다."

강윤이 돌아서려 할 때, 희윤이 강윤을 붙잡았다.

"오빠, 나 더 있고 싶어."

"……."

박소영의 노래가 마음에 들었는지 희윤은 일어날 생각을 하지 않았다. 모처럼 사귄 친구와 빨리 헤어지는 게 서운했던 것도 있었다. 희윤에게 진 강윤도 결국 자리에 철퍼덕 앉아야 했다. 박소영은 졸지에 관객이 두 명으로 늘어났지만 크게 개의치 않는지 다시 연주를 시작했다.

강윤에게도 음표와 빛들이 보이기 시작했다.

'잘 조화가 되진 않는군.'

희윤은 좋다고 박수를 치고 있었지만, 강윤에겐 그리 좋게 들리지 않았다. 자작곡 같았는데, 박소영에게서 나온 음표와 기타의 음표가 잘 섞이질 못했다. 덕분에 빛도 매우 미약했다. 그래도 회색빛은 내지 않았다.

'뭐, 말해줄 필요는 없겠지.'

강윤은 오지랖이 넓은 사람은 아니었다. 일도 아니고, 휴가에 와서까지 머리 싸매고 싶진 않았다. 강윤도 희윤과 함께 가볍게 박수를 치며 박소영의 노래를 즐겼다.

'왜 음표들이 조화가 안 되는 걸까? 곡에 문제가 있는 걸까? 아니면 다른 데 문제가 있는 걸까?'

물론, 직업병은 어쩔 수 없었다.

"수고하셨습니다."

"모레 보자."

박소영은 서둘러 학원을 나섰다. 집까지 가는 버스를 타기 위해서였다. 학교가 끝나자마자 바로 학원으로 와서 레슨을 받고 연습을 했지만, 시간은 항상 모자랐다. 더 연습하고 싶었지만, 집까지 가는 버스를 타기 위해선 이 시간에 나서야 했다.

강사들에게 인사하고, 박소영은 학원을 나섰다.

학원 앞 버스정류장에서 버스를 기다리는데 정장을 입은 잘생긴 남자 한 명이 그녀에게 다가왔다.

"박소영 학생?"

"누구시죠?"

박소영은 한밤중 낯선 남자의 말에 경계했다. 요즘 여성을 상대로 한 강력범죄들이 늘고 있다는 말이 자주 들려와 호신 물품까지 챙겨 다니는 그녀였다.

"밤중에 미안해요. 지금이 아니면 소영 학생을 만날 수 없어서 부득이하게 놀라게 했네요. 학원에서부터 계속 봤는데, 재능이 있는 것 같아서……. 난 이런 사람이에요."

남자는 능변이었다. 그는 익숙하게 박소영의 경계심을 풀며 명함을 내밀었다.

MG엔터테인먼트 섭외팀 오치성 과장.

박소영은 명함을 받아 들고 이리저리 살폈다. MG엔터테인먼트라는 로고가 제일 먼저 눈에 들어왔다. 고급스런 깔끔한 명함은 그녀의 눈을 현혹했다.

'아냐아냐. 나한테 왜?!'

그러나 경계심을 쉽게 풀 순 없는 노릇이었다. 요즘 이상한 사람들이 많다는 이야기를 그녀도 들어서 알고 있었다.

"죄송한데, 명함만 보고 믿을 순 없어서요."

"학생 말이 맞네요. 여기 사원증을 보여주면 될까요?"

남자는 사원증을 박소영에게 내밀었다. 그녀는 'MG엔터테인먼트 오치성'이라고 쓰인 사원증을 보니 안 믿을 수가 없었다. 카드 형식으로 만들어진 사원증은 목에 거는 형식으로 만들어져 있었다. 가운데 사진도 박혀 있었다.

박소영이 수긍했는지 사원증을 다시 돌려주었다. 믿음을

얻은 그는 부드럽게 말을 이어갔다.

"박소영 학생이 학원에서 연습하는 걸 봤어요. 목소리가 참 좋더군요. 확실히 재능이 있다 생각해 이렇게 권하게 되네요. 아, 디에스 알죠? 그 애들도 이렇게 학원에서 선발된 연습생들이에요."

"아…… 그래요?"

박소영은 조금씩 남자의 이야기에 빠져들고 있었다. 최근 가장 화제가 되고 있는 연예인은 단연 디에스였다. 댄스에서 재즈풍 음악으로 변신한 그녀들은 거리공연과 대학축제 등 다양한 방면에서 화제를 몰고 있었다.

"원래는 우리 회사는 정기 오디션으로도 연습생을 선발하기도 하지만 섭외팀에서 직접 움직이며 재능 있는 사람들을 뽑아 데뷔시키기도 하죠. 이렇게 발탁된 사람들은 오디션으로 뽑힌 연습생들보다 더 뜰 가능성이 높아요."

"그래요?"

"네. 내 생각에 박소영 학생은 확실히 가능성이 있어요. 그것도 매우."

"제가…… 그래요?"

"100%라고 말씀은 못 드리겠지만 70% 이상은 무조건 됩니다. 작은 키지만 반전 있는 소리에 기타까지. 잘 포장해서 내놓으면 멋진 스타가 될 거예요."

박소영은 저도 모르게 오치성이라는 사람의 말에 조금씩

넘어가고 있었다.

♪ ♩♩ ♩♪♫ ♩ ♪

모처럼 늦은 기상을 한 강윤은 특별히 할 일이 없었다.

아침 겸 점심, 아점을 먹은 후 바닷가 한번 돌아보고, TV를 보다가 다시 누워서 잔 게 하루의 전부였다.

'행복해.'

그러나 강윤은 이 하루가 너무도 행복했다. 진정으로 직장인이 원하는 휴일을 보내니 여한이 없었다. 회사에서 찾는 전화도 없고, 처리해야 할 서류도 없는 휴식은 천국이었다. 아무 일도 하지 않고 취하는 휴식이 왜 소중한지를 깨닫게 해주는 고마운 휴일이었다.

희윤은 박소영의 연주를 보겠다며 아침부터 밖으로 나갔다. 마음이 잘 맞는지 숙소에 잘 들어오지도 않았다. 덕분에 강윤은 방안에서 뒹굴거리며 편안하게 시간을 보낼 수 있었다.

오후 늦은 시간이 되어 희윤이 방으로 들어왔다.

"왔어?"

"응. 오빠. 완전 대박이야."

"대박? 무슨 일 있어?"

누워 있던 강윤이 자리에서 일어나자 희윤은 여전히 호들

갑을 떨었다.

"소영이 있잖아, 캐스팅됐대."

"캐스팅? 잘됐네."

강윤에겐 크게 관계없는 일이었다. 한마디 하고 넘어가면 될 일이었다. 그런데 한국말은 끝까지 들어봐야 했다.

"아, 오빠. 끝까지 들어봐. 캐스팅된 곳이 MG래. MG엔터테인먼트."

"뭐? MG? 섭외팀이 통영까지 왔나? 부지런하네."

그래도 강윤에겐 새로운 말은 아니었다. MG엔터테인먼트는 전국을 돌며 재능 있는 연습생을 발굴하는 섭외 전문 매니저를 운영하고 있었으니 말이다. 이삼순이 그렇게 선발된 케이스니 강윤에겐 신기할 것도 없었다.

"오빠, 신기하지 않아? 우리하고 같이 있던 친구가 캐스팅되고. 완전 신기신기."

"⋯⋯."

희윤의 말에 강윤은 어제 박소영이 보였던 빛에 대해 생각해 봤다.

자작곡이라고 하지만 빛은 미약했다. 혹 숨겨진 실력이 있다든가, 다른 불특정 요인 등 여러 경우의 수를 생각해 보았지만 캐스팅할까라는 생각은 하기 힘들었다. 그런데 캐스팅이라⋯⋯ 강윤은 의아했다.

'누굴까?'

결국, 강윤은 자리에서 일어났다. 어떤 직원인지 강윤은 확인하고 싶어졌다. 자신의 일은 아니었지만 어떤 면을 보고 선발을 했는지 알면 혹여 자신에게도 도움이 될까 생각해서 였다.

"오빠, 같이 가!"

슬리퍼를 신고도 빠르게 걷는 강윤의 뒤를 희윤이 뒤따 랐다.

박소영의 집은 문이 열려 있었다. 강윤이 양해를 구하고 안으로 들어서니 정장을 입은 남자 두 사람이 박소영과 박소 영의 부모님들과 한창 이야기를 하고 있었다.

"……네? 2천만 원이요?!"

그런데 강윤이 안에 들어가기가 무섭게 큰 소리가 들려왔 다. 강윤은 무슨 일인가 싶어 서둘러 안으로 들어갔다.

박소영의 아버지는 없는 머리를 감싸 쥐며 인상을 쓰고 있 었다. 그는 정장을 입은 남자가 준 서류를 보고, 또 보며 혹 시 자신의 눈이 잘못되었는지를 계속 확인했다.

"저희가 지원을 하는 금액이 3천만 원입니다. 그리고 데뷔 를 하고 2개월이면 다 보상이 될 금액입니다."

"크흠……! 담배 하나만 태워도 되겠습니까?"

그러나 서류를 잘못된 것이 아니었다. 2천만 원. 결코 적 은 금액이 아니었다. 정장의 남자는 천천히 생각해도 괜찮다 며 사람 좋은 미소를 지었다.

결국, 담배 하나를 다 태우고, 박소영의 아버지는 힘겹게 이야기했다.

"……좋습니다. 계약합시다!"

"잘 생각하셨습니다. 박소영 양은 저희가 멋진……."

돈 이야기가 오가고 사람들이 이야기가 한창 진행되는 걸 보며, 강윤은 희윤에게 휴대전화를 내밀었다.

"경찰에 신고해."

"에? 왜?"

"강도 들었다 하고 위치 추적해서 빨리 와달라고 해. 무슨 일이 생길지 모른다며 빨리."

희윤은 왜라고 묻지도 않았다. 강윤이 이런 말을 하면 반드시 이유가 있었다. 그녀는 알았다 하고는 바로 밖으로 나갔다.

"잠깐."

박소영의 아버지가 사인을 하려 할 때, 강윤이 나섰다.

"거기, 당신들, MG엔터테인먼트 직원분들 맞으십니까?"

강윤이 갑자기 끼어들자 전혀 뜬금없는 말에 박소영의 부모님도, 정장의 남자들도 당혹스러움을 감추지 못했다. 박소영도 이 사람 뭐지라는 표정으로 어이없어했다. 특히 박소영은 그들을 완전히 믿는지 강윤을 이상한 사람 보듯 바라보고 있었다.

"당연히 맞습니다. 저기, 죄송한데 지금 중요한 이야기 중이라 용건이 있으시면 나중에……."

"그렇습니까?"

강윤은 씨익 웃었다. 평소에 보여주는 여유로운 미소는 절대 아니었다. 그걸 아는지 모르는지 정장의 남자들은 그를 무시하곤 박소영의 부모님에게로 시선을 돌렸다. 박소영도 자리에서 일어나 강윤에게로 향했다. 그를 밖으로 보낼 심산이었다.

"그럼 어느 부서의 누구십니까?"

"네?"

"MG엔터테인먼트에서 오셨으면 부서가 있을 것 아닙니까?"

'저 사람 뭐야?'라는 표정을 언뜻언뜻 비치는 정장의 남자들을 대신해 대신 박소영이 나섰다.

"희윤이 오빠, 죄송한데 저희 손님들이에요. 오빠도 손님이시지만 이건 아닌 것 같아요."

"잠깐만."

그러나 강윤은 오히려 박소영을 제지했다. 평소라면 나서지 않았을 그였지만 이번에는 달랐다. 강윤이 박소영과 실랑이를 벌일 때, 정장의 남자 중 한 사람이 강윤에게 명함을 내밀었다.

"MG엔터테인먼트 섭외팀 오치성 과장님이시군요."

"네. 이제 오해가 풀리셨습니까?"

정장의 남자는 시종일관 여유로운 미소를 보이고 있었다.

박소영의 부모님도 강윤과 정장의 남자가 상황을 어떻게 만들어가는지 지켜보고 있었다.

"아아. 오치성 과장님이시군요. 제가 몰라 뵀습니다."

"그럴 수도 있지요. 죄송하지만 중요한 계약 중이라 이야기는 나중에……."

"후. 오치성 과장님, 그럼 제가 누군지는 아십니까?"

강윤과 정장의 남자가 만들어가는 알 수 없는 상황을 지켜보며 박소영과 가족들은 침을 꿀꺽 삼켰다.

정장의 남자가 강윤을 알 수 있을 리 없었다. 아니, 알 필요도 없다 생각했다. 물론, 태도는 공손했다. 눈앞에 '고객'님이 계셨으니 말이다.

"어느 곳에서 일하시는 분인지는 잘 모르겠지만, 나중에 이야기하시죠. 같은 업계 분이신 건 알겠지만…… 소영 양과의 일이 중요해서 말입니다."

정장의 남자는 강윤이 뭔가 심상치 않다는 걸 느끼면서도 박소영의 가족들이 의심하지 않도록 부드럽게 넘기고 있었다.

물론, 강윤은 명함을 보곤 대번에 알 수 있었다.

'사기꾼이네.'

받아 든 명함은 고급스럽게 만들어진 명함이었다. 언뜻 보면 로고하며 회사전화에 직함까지 누구나 쉽게 넘어갈 만한 명함이었다. 그러나 섭외팀들이 들고 다니는 명함을 강윤이 모를 리 없었다. 회사 사람이 가짜 명함을 들고 다닐 이유가 없었다. 더욱이 오치성이라는 사람도 강윤을 모른다 한다.

회사에서 자신을 모른다? 총괄기획팀장도 모르는 MG엔터테인먼트 사람이 어디 있겠는가. 의심이 안 들래야 안 들 수가 없었다.

그래도 강윤이 계속 나서려 하는 것 같자 정장의 남자는 엄포를 놓았다.

"그쪽이 누구신지는 모르겠지만 저는 지금 박소영 양의 미래를 결정할 중요한 계약을 하는 중입니다. 이렇게 방해하시면 곤란합니다."

사기꾼이 진짜 앞에서 그런 꼴을 보이니 강윤은 웃음이 나와 버렸다. 더 이상 예의를 갖추는 것도 무리가 있었다.

"곤란하겠죠. 사기를 칠 수 없으니까. 어디서 순수한 학생들 눈물을 빼먹는 짓들입니까?"

"……사장님, 진짜 이러시면 곤란합니다. 계약하러 온 사람에게 사기라니요? 어딜 봐서 이게 사기라 그러십니까?"

정장의 남자는 발끈했다. 계속 방해하는 강윤이 거슬렸는데 이젠 더 이상 참을 수가 없었다. 정장의 남자 둘의 인상이 심하게 험악해졌지만, 강윤은 전혀 기죽는 기색이 없었다. 아니, 오히려 당당했다.

"저기 손님, 지금 이렇게 나서시면……."

박소영의 아버지도 상황이 이상하게 돌아가자 강윤을 말

리려 했다. 그러자 강윤은 조용히 지갑에서 무언가를 꺼내 옆에 있던 박소영에게 주었다. 박소영은 이게 뭔가 하고 받아 들었다가 눈이 화등잔만 해졌다.

"MG엔터테인먼트 총괄기획실…… 장…… 이강윤…….
에에에에에에엑?!"

어제 받았던 명함과 완전히 달랐다. 정장의 남자들과 강윤의 명함은 재질부터가 달랐다. 게다가 강윤이 추가로 하나를 더 내밀었다. 회사를 출입할 때 쓰는 사원증이었다. 가운데 강윤의 얼굴이 떡 박혀있고 총괄기획팀장이라 쓰인 사원증을 보니 이건 안 믿을 수가 없었다.

"MG엔터테인먼트에서 길거리 캐스팅을 할 때 가장 중요한 원칙 중 하나가 '절대 연습생에게 돈을 요구하지 않는다' 입니다. 그런데 3천만 원은 그쪽에서 투자할 테니 2천만 원을 내놓으라니…… 순진한 애를 꼬셔서 무슨 짓을 하려는 거야?"

정장의 남자들은 낭패라는 듯 서로의 얼굴을 바라봤다. 설마 진짜 MG엔터테인먼트 사람이 있을 줄은 상상도 못 했다. 게다가 매니저 같은 현장직도 아니고 진짜 실세 중의 실세라니. 두 사람에게서 여유가 사라졌다.

"이 새끼들! 고럼 우리 소영이 스타 만들어 주려는 게 아니라, 돈 때문에……?!"

"히익!"

자초지종을 알아버린 박소영의 아버지가 옆에 있던 몽둥이를 들고 거칠게 휘두르기 시작했다. 그 위협에 정장의 남자들은 허둥대며 문 쪽으로 도망가기 시작했다. 강윤은 자신 쪽으로 달려 나오는 남자들의 다리를 가볍게 걸어 버렸다. 우당탕하는 소리와 함께 남자들은 넘어졌지만, 순식간에 일어나 신발도 챙기지 못하고 맨발로 도주했다.

"이 개나리들아······!"

박소영의 아버지는 뒤도 돌아보지 않고 달리는 남자들의 뒤를 열심히 쫓아갔지만, 그들은 재빨랐다. 결국은 그들을 놓쳐 버렸다.

"에이, 퉤! 우라질 놈들!"

그는 바닥에 침을 거칠게 뱉었다. 침과 함께 울화도 조금이지만 내려간 기분이었다. 그제야 오늘의 사단을 막아준 강윤도 눈에 들어왔다.

"손님, 고맙습니다. 아니, 팀장님이라고 하셨던가요. 정말 감사합니다, 고맙습니다."

그는 연신 강윤의 손을 잡고 놓지 않았다. 강윤이 오히려 민망할 정도였다.

"아닙니다. 저런 놈들은 이 업계에서 다 쫓아내야 할 놈들입니다. 사달이 안 나서 다행입니다."

"아아. 아닙니다, 이런 큰 은혜를 입다니······. 손님들 숙박비는 없던 걸로 하겠습니다. 아니, 제가 거하게 대접해 드리겠습니다. 소영아, 냉장고에서 한우 좀 내온나!"

"안 그러셔도 되는데……."

강윤이 연신 괜찮다고 했지만, 박소영의 아버지는 화끈했다. 덕분에 강윤과 희윤은 한밤중에 통영의 화끈한 인심을 과하게 맛보게 되었다.

"삼초오오온!"

언제나처럼 주아는 회장실을 덜컥 열고 존재감을 강하게 드러내며 들어왔다.

"오늘도 여전하구나."

"안녕하세요."

원진문 회장은 민진서와 이야기를 나누는 중이었다. 민진서는 오랜만에 보는 주아를 자리에서 일어나 공손히 맞았다.

"너, 진서! 우와. 데뷔했다더니. 때깔이 달라졌구나."

"선배님만 하겠어요."

"겸손하긴. 진서가 여기 있다는 건, 삼촌 담당이에요?"

주아의 시선이 원진문 회장에게 돌아가자 그가 고개를 끄덕였다. 그러자 주아가 놀란 눈으로 말했다.

"대박. 회장님 아무나 안 맡는데. 진서, 많이 컸구나!"

"아니에요."

"아니긴. 대충 들었는데 이번 드라마가 대박이라며. 시청률 30% 넘기고, 요즘 핫하다며?"

"핫하긴요."

"에이에이. 사실이잖아."

겸손한 민진서와는 반대로 주아는 자신의 인기에 당당했다. 확실히 개성이 다른 두 소녀였다.

"주아야. 한국에는 무슨 일이야? 이번에는 일본 프로듀서랑 녹음하기로 했잖아. 녹음도 거기서 하기로 한 걸로 아는데?"

"녹음은 다 했는데…… 아무래도 불안해서요."

주아는 원진문 회장에게 속에 있는 이야기를 하기 시작했다.

"일본에서 음반 녹음도 하고 준비도 다 했는데, 마음에 걸리는 게 있어서요. 앨범만 내면 되는데 들어보면 볼수록 자꾸 마음에 안 드는 거예요. 그래서 결국 PD랑 한판 하고 건너왔어요."

"그래서 어제 그런 전화가 왔었구만."

"고새 일러바친 거예요? 하여간 일본 놈들은 소심하다니까. 아무튼! 강윤 오빠 어디 있어요?"

본론은 이거였다. 이강윤!

주아가 한국에 온 목적은 그였다.

"이 팀장? 지금 휴가 중이지. 왜?"

"어쩐지 전화도 꺼져 있더라니! 강윤 오빠한테 물어보려고요. 이거 내도 되는지 안 되는지."

"허허. 그쪽 기획자가 안 좋아할 텐데."

"뭐 어때요. 신뢰를 못 준 게 잘못이지."

원진문 회장은 길게 한숨을 내쉬었다. 주아는 강윤과 작업한 이후, 기획자 대부분을 강윤과 비교하고 있었다. 이는 그리 좋은 현상이 아니었다. 일본 측 협력사도 좋아하지 않을게 분명했다.

"저. 선배님. 그럼 선생님하고 일하러 오신 거예요?"

"선생님? 아, 강윤 오빠 말야?"

"오빠요?"

민진서의 말이 묘해졌다. 그걸 아는지 모르는지 주아는 말을 이어갔다.

"당연하지. 아니면 이렇게 바쁜 내가 시간을 어떻게 냈겠어. 삼촌, 강윤 오빠 휴가 언제 끝나요?"

"……내일까지야."

"쳇. 기다려야겠네."

투덜거리는 주아를 보며 민진서의 입술이 묘하게 삐죽거렸다.

'으. 아직도 배가 꽉 들어찬 것 같아…….'

간밤에 벌어진 한우파티에 강윤은 배가 퉁퉁했다. 그러나 박소영의 아버지가 구워주는 한우 맛이 기가 막힌 탓에 결국 과식에 과식……

아침에도 속이 더부룩했다.

"우으으으……."

"일어났어?"

"우으으으……."

희윤은 붕 뜬 머리를 한 채 바로 화장실로 직행했다. 한참 동안 나오지 않는 게 힘겨운 사투를 벌이는 게 분명했다.

강윤은 밖으로 나갔다. 그런데 밖에는 박소영이 강윤을 기다리고 있었다.

"안녕히 주무셨어요."

"안녕. 잘 잤어?"

"네. 저…… 기다리고 있었어요."

"날?"

무슨 할 말이라도 있는 걸까? 강윤은 의문을 품은 채 바위에 걸터앉았다.

"어제 큰일 없게 막아주신 거 우선 감사드려요. 제가 잠시 회까닥 했나 봐요."

"감사는 어제 아버님에게 넘치도록 받았어."

강윤은 통통 소리가 나도록 배를 두드렸다. 그 빈 소리에 박소영이 풋하며 웃었다.

"희윤이 오빠라고 하지만 사실 좀 무서웠는데……. 재미

있으시네요."

"그런가. 다른 애들도 몇몇 그러긴 해."

"그래요? 하긴, 기획팀장 정도 되면 그럴 것 같긴 해요. 그 자리, 가수들 앨범 만들어야 하고 그런 자리 맞죠?"

"맞아."

"우와. 나 대단한 사람 만난 거네."

강윤과 같은 사람을 박소영이 만나기란 쉽지 않은 법이다. 그녀는 이 기회를 쉽게 놓치고 싶지 않았다. 강윤이 천천히 바닷길을 걸으니 그녀도 따라 천천히 걷기 시작했다.

"사실 어제 물어보고 싶었는데 못 물어봤어요. 전에 제 노래 어땠어요?"

"노래? 아, 기타 쳤던 거?"

"……."

그녀는 부끄러웠는지 더 이상 말을 하지 못했다. 남에게 평가해 달라는 말은 원래 쉽게 할 수 있는 말이 아니었다. 찢기고, 치이는 게 쉽겠는가.

"흠……. 잘하던데?"

"솔직하게 말씀해 주시길 원해요. 저도 이 길을 가려는 지망생이잖아요."

"……."

강윤은 잠시 생각했다. 평을 해줘야 하나 말아야 하나, 좋은 말 몇 마디로 때워야 하나 여러 가지 생각들이 스쳐 갔다.

'희윤이 친구니까.'

그리고 결심했다.

"작곡과 지망이었지?"

"네."

"자작곡은 많이 다듬어야 할 것 같더라. 반주 들어갈 때 임팩트가 약한 느낌이었어. 그냥 물이 흐르는 느낌만 들었 달까."

강윤은 그날 보았던 음표들을 기억했다. 음표의 밝기는 강하지도, 약하지도 않았다. 만약 강했다면 특별히 밝았을 것이다. 그리고 빛에 긍정적인 영향을 주었을 터.

"그리고 기타하고 노래가 잘 섞이지 않는 느낌이었어. 멜로디와 코드가 안 맞는 느낌? 조금 어긋난 것 같더라고. 그것만 맞춰주면 좋은 노래가 탄생할 것 같아."

"아아……."

"내가 작곡하곤 크게 관련이 없어서 도움이 될지는 모르겠지만, 도움이 되었으면 싶네."

박소영은 휴대전화에서 메모장을 열어 강윤의 말을 열심히 기록했다. 한마디라도 놓칠세라 못 들은 말은 다시 요청해서 쓰고, 또 썼다. 그 정성에 강윤이 놀랄 정도였다.

강윤의 말을 모두 메모한 박소영은 다시 천천히 걷기 시작했다.

"감사합니다. 저 잘되면 팀장님……. 아, 팀장님이라 불러도 되나요?"

"희윤이 친구니까 그냥 오빠라고 해."

"네, 오빠."

조금 사심이 들어간 말이었지만 박소영은 그대로 따랐다.

"저 잘되면 오빠가 해준 거 다 갚을게요."

"이런 게 얼마나 된다고."

"MG엔터테인먼트 찾아가면 되죠?"

"그래. 와. 밥은 사줄게."

"에이, 제가 잘돼서 살게요."

두 사람은 휴대전화 번호를 교환했다. 강윤은 박소영이 희윤의 친구라는 게 마음에 들었고 박소영에겐 강윤이 은인이었다. 서로가 통하긴 통했다.

어느덧, 바다를 다 돌고 다시 펜션에 도착했다. 이젠 슬슬 집에 갈 시간이 다가왔다. 투석을 위한 병원에도 들러야 했기에 강윤은 출발을 서둘렀다.

"감사했습니다. 나중에 또 놀러 오세요!"

"나중에 뵙겠습니다."

강윤과 희윤은 박소영 가족의 배웅을 받으며 펜션을 나섰다.

투석을 받기 위해 미리 찾아놓은 통영의 한 병원으로 향하는데, 희윤이 휴대전화를 확인하더니 이야기했다.

"오빠, 소영이가 내년에는 서울에서 만나재."

"좋은 말이네."

서울에 몰려 있는 유수의 대학 중 한 곳에 진학하겠다는 말이었다. 박소영의 결심이 대견스러워 강윤의 입가에 미소가 감돌았다.

휴가를 마친 강윤은 지옥철을 뚫고 출근을 했다. 오랜만에 그를 본 게 신기했는지 직원들이 더 크게 인사를 모습이 강윤에겐 신기하게 다가왔다.

사무실에 올라가니 책상 위는 깨끗했다.

'아직 공연팀 업무는 없나 보네.'

저번 이사회의 이후, 공연팀은 업무에 들어가지 않은 모양이었다.

디에스 앨범 이후 두 달 이상 공연팀의 업무가 없으니 강윤은 이상한 생각이 들 정도였다. 그러나 일이 없으니 한편으론 기쁘기도 했다.

업무 시간이 되자마자 트레이너들이 보고서들을 가져왔다. 걸그룹 프로젝트에 대한 보고서들이었다.

'휴가도 잘 다녀왔고, 다시 연습 시작이네. 이젠 화술, 외국어에도 힘을 들여야겠네.'

지금은 말도 안 된다 하겠지만, 3~4년만 지나면 중국이 엄청난 시장으로 떠오르게 된다. 강윤은 그때를 대비해 중국어를 필수로 배우게 했다. 물론, 사성이니 뭐니 해서 말도 안 되게 어렵다며 소녀들은 비명을 지르고 있었지만 말이다.

관련 사항들을 모두 체크하니 11시가 넘었다. 커피 생각이 나 자리에서 일어나려는데 갑자기 문이 세차게 열렸다.

"강윤 오빠!"

그와 함께 엄청난 분이 난입했다. 활기찬 미소를 띤 주아였다. 강윤은 너무 놀라 종이컵을 바닥에 떨어뜨렸다.

"야! 놀랐잖아."

"후훗. 내가 왔다. 반갑지, 반갑지?"

"전혀."

"……뭐야?"

강윤의 무덤덤한 반응에 실망했는지 주아는 얼굴을 있는 대로 찌푸렸다. 그 솔직한 반응에 강윤은 피식 웃어버렸다.

"그러니까 노크하라고, 노크."

"아, 네. 알겠습니다."

인스턴트커피를 마시지 않는 주아에게 강윤은 녹차를 내주었다. 주아는 생 녹차 아니면 안 마신다며 투덜거렸지만 강윤에겐 통할 리가 없었다.

"주는 대로 마셔."

"여긴 손님대접이 왜 이래."

"싫으면 나가든가."

"반사."

그러나 주아는 강했다. 강윤의 타박 따위 아무것도 아니라는 듯 가볍게 넘겨버리곤 역공까지 가하니 강적 중의 강적이었다.

유치한 장난이 끝나고, 주아는 오늘 찾아온 본론을 이야기했다.

"이번에 일본에서 미니앨범을 내거든. 근데 좀 꺼림칙해서 말야."

"그럼 그쪽 기획자랑 이야기해야지."

"근데 그 기획자랑 말이 안 통해. 난 아무리 들어도 뭔가 이상한데 그쪽 기획자는 괜찮데. 확신이 안 든단 말야. 그래서 오빠한테 좀 들어보라고 가져왔어."

"혹시 협력사 사람 아니니?"

"맞아. '아카바시 타오'라는 사람인데 이 사람이 지 말만 강하고 내 이야기는 들어주질 않아. 과거 실적은 좋았다는데, 요즘엔 그저 그렇고……. 감이 떨어진 건지 뭔지 하나도 모르겠어."

주아는 한참 동안 기획자 욕을 해댔다. 일하면서 어지간히 마음에 쌓아둔 게 많았는지 투덜거림은 계속되었다. 강윤은 중간에 말을 자르지 않고 그대로 그녀의 말을 들어주었다.

"……아아. 짜증이야, 짜증."

"짜증 날 만하네. 결국, 그 기획자가 못 미덥다 이거지?"

"응응. 역시, 오빠는 말이 통해."

주아는 마음이 편해지는 걸 느꼈다. 사소한 대화를 할 뿐이었지만 일본 프로젝트의 느낌이 살아나고 있는 기분이었다. 뭔가가 든든히 받쳐 주는 그런 느낌, 무엇이든 해도 될 것 같은 좋은 기분이었다.

"일단 들어는 볼게."

"역시!"

"하지만 만약 문제가 있다고 해도 이걸 수정하는 건 다른 문제야. 그쪽 프로듀서에게도 실례고 협력사에도 양해를 구해야 하며 앨범 출시 일정을 변경해야 할 수도 있으니까. 무엇보다도 지금 난 네 앨범의 책임자도 아니야. 그건 알고 있지?"

"알았으니까 일단 들어줘!"

복잡한 이야기는 질색이었는지, 주아는 막무가내였다. 그녀는 다 알아서 해달라고 보채는 여동생의 모습, 딱 그거였다. 처음 작업을 할 때는 그렇게 까칠하게 굴더니 이젠 '당신밖에 없어요'라는 모습을 보이는 주아 때문에 강윤은 웃음이 나왔다.

"알았어. 가보자."

"아싸!"

강윤이 승낙하며 자리에서 일어나자 주아도 신이 나서 그 뒤를 따랐다.

그렇게 두 사람은 지하에 있는 스튜디오로 향했다.

3화
통하게 만들다

디지털 믹서에서 '주아'라고 세팅된 것을 불러내 빠르게 소리를 맞춘 강윤은 바로 주아를 부스 안으로 들어가게 했다.

–바로 시작할까?

"목은 괜찮아?"

–다 풀었어. 지금 최상이야.

주아는 벌써부터 몸이 근질근질한지 목에 힘이 가득 실리고 있었다. 강윤은 힘이 넘치는 주아의 모습에 바로 세부 세팅을 마치곤 MR을 재생시켰다. 멜로디를 타고 주아의 노래가 흐르기 시작하자 노란색 음표가 흘러나와 하얀빛을 발하기 시작했다.

'나쁘지 않은데…… 뭐가 문제지?'

강윤은 의아해했다. 지금 듣는 노래는 그녀가 이상하다 말

한 타이틀곡이었다. 가볍지만 리듬감이 살아 있는 타이틀곡
은 요즘 유행에 적합하다는 생각이 들었고 음표의 색들도 일
정하니 적절했다.

그러나 2절의 후렴부터 문제가 생겼다.

-繰り返して~

'어라?'

가사 내용의 변화와 함께, 코드가 한 코드 높아져 분위기
를 고조시키는 부분이었다. 그런데 노란 음표의 모양이 미묘
하게 뒤틀려 나오고 있었다. 그리고 그 음표가 빛에 들어가
니 하얀빛이 약간 탁해졌다. 작은 변화였다.

'이래서 이상하다 한 거네.'

강윤은 더더욱 집중했다. 원래 음악이란 미묘한 법이다.
그 미묘함이 사람들의 외면을 받는 원인이 될 수도 있었다.
작은 것이라도 놓칠까, 강윤은 주아의 노래에 온 신경을 집
중했다.

잠시 후.

주아는 타이틀곡 '파랑새의 노래'를 다 부르고 부스 밖으로
나왔다. 그녀는 여전히 이번 노래가 마음에 들지 않는지 불
만 가득한 얼굴로 강윤에게 물었다.

"노래 어땠어?"

"미묘한데?"

"미묘해? 어디가?"

그녀가 '너도 마음에 안 든다고 말해'라는 눈빛을 쏘아보냈지만 강윤은 주관이 있었다.

그게 마음에 안 들었던 걸까. 주아의 눈이 조금 찡그려졌다. 그걸 아는지 모르는지 강윤은 큰 스튜디오 믹서에 앉으며 생각을 이야기하기 시작했다.

"괜찮은 노래네. 그런데 2절에서 한 음 변할 때, 그쪽은 이상한 것 같다."

"오빠가 듣기엔 그랬어? 그럼 그 부분을 빼달라고 할까?"

"그럼 곡 느낌이 안 살잖아. 분위기가 확 전환되는 부분이 하이라이트 같은데. 흠……."

주아의 노래가 부족하다는 느낌은 들지 않았다. 강윤이 듣기에 주아의 노래 실력은 흠잡을 곳이 없었다. 다만, 이번 타이틀곡과 미묘하게 핀트가 맞지 않았다. 음이 변할 때와 점점 치고 올라갈 때, 느낌이 살지 않았고 빛도 탁해지는 게 그걸 증명했다.

'사람들이 음이 높아질수록 기대치도 높아질 텐데, 이러면 오히려 실망감이 커지겠지. 멜로디가 문제인가? 아니면 뭐가 문제인가?'

느낌은 알지만, 실질적인 음악이론을 모르니 강윤도 답답했다. 이럴 때 딱딱 필요한 조언을 해줄 수 있으면 좋으련만. 강윤은 이론의 필요성을 절실히 느꼈다.

강윤이 이런 생각들을 하고 있을 때, 주아가 의자를 끌고

와 강윤에게 가까이 다가왔다.

"그래서, 이거 오빠가 해주는 거지?"

"아니."

"아, 왜!"

강윤의 단호함에 주아가 역정을 냈다. 은근히 자신을 끌어들이려는 것을 안 강윤은 단호했다.

"내 일이 아니잖아."

"아 진짜! 우리 사이에 튕기기냐?"

"일은 일이지. 내게 할당된 일도 아닌데, 내가 해야 할 이유가 없잖아. 어린애같이 왜 그래."

"아, 몰라! 좀 도와주라, 응?"

주아는 막가파식이었다. 회사에서는 자신이 우기면 통하지 않는 게 거의 없었지만, 강윤에겐 완전히 남의 나라 이야기였다.

"아까 말했잖아. 네 기획자는 일본에 있다며. 나한테 뭔가 도움을 청한다면 정식으로 그 사람한테 허락을 구해와야지. 지금 이 정도도 굉장히 실례한 거야. 그리고 나도 내가 담당할 일이 있어."

"그건 내가 해결할게. 나 여기선 짱 먹잖아."

"네가 일진이냐?"

"일진이든 뭐든. 난 오빠만 있으면 돼. 응?"

"……."

강윤은 자신의 손까지 잡고 부탁하는 주아에게 뭐라 할 말이 없었다. 그러나 안 되는 건 안 되는 거였다. 디에스 일도 끝나 다시 공연팀 업무도 시작해야 했고 슬슬 걸그룹의 데뷔에 대한 기획도 시작해야 했다. 주아에게만 잡혀 있을 수는 없는 노릇이었다.

주아가 손을 놔주지 않는 그때, 문이 조용히 열렸다. 그런데 스튜디오와 전혀 관련이 없는 인물이 들어왔다.

"주아 언니?"

"진서야."

주아는 민진서를 보고도 부끄러움이 없는지 강윤의 손을 전혀 놓지 않았다. 그러나 그 모습이 민진서에게는 전혀 다르게 다가왔다.

"······둘만 있었던 거예요?"

"아아. 노래 듣느라고. 진서는 웬일?"

"······안녕하세요. 선생님."

민진서의 눈이 묘했다. 그녀는 주아를 무시하고 바로 강윤에게로 눈을 돌렸다. 강윤은 주아의 손을 가볍게 놓게 하고는 민진서에게 인사를 했다.

"진서야. 잘 지냈어?"

"네. 잘 지냈어요. 조금 바쁘긴 하지만 괜찮아요."

"잘 지내는 것 같아 다행이네. 볼일 있어서 온 거니?"

"그냥······."

강윤의 질문에 민진서는 우물쭈물했다. 그러자 주아의 눈이 묘하게 빛났다.

'저거저거…… 큭큭.'

민진서가 강윤 앞에서 쩔쩔매니, 눈치 빠른 주아는 대번에 민진서의 마음을 눈치챘다. 딱 봐도 첫사랑에 울고 웃는 소녀의 모습이었다. 재미있는 구경거리가 생기자 자신을 무시한 것도 용서될 정도였다. 아니, 계속 웃음이 나와 참지 못할 지경이었다.

"오빠, 나 잠깐 쉬었다 올게."

"여기까지 하자."

"안 돼. 못 끝내줘. 여기 있어."

"난 사무실 간다."

"아, 1시간만. 응?"

주아는 강윤을 조르고 졸라 기어이 약간의 시간을 얻고는 민진서와 어깨동무를 하곤 스튜디오를 나섰다.

"쟤들이 언제부터 저렇게 친해졌지?"

까칠한 주아가 착한 민진서를 괴롭히지나 않을지, 강윤은 은근히 걱정되었다. 그러나 이내 기계를 조작하며 주아의 녹음된 소리를 들어보기 시작했다.

"진서야. 너 강윤 오빠 좋아해?"

"……"

아무도 없는 휴게실에서, 주아는 장난스럽게 킥킥거렸다. 불퉁한 얼굴의 민진서는 그 말에 놀라 눈이 휘둥그레졌다. 가볍게 떠보려고 이야기한 주아는 그녀의 반응에 표정이 묘해졌다.

"얼레? 얘 진짜였네?"

"……."

"아서라, 아서. 뭐, 강윤 오빠 멋있긴 하지. 키 크지, 다리도 길고, 어깨도 떡 벌어졌고, 능력도 좋고. 나이가 문제네."

"……그런 건 아무래도 상관없어요."

이미 들킨 이상 아무래도 좋았다. 자신의 마음을 장난삼아 이야기하는데 뿔이 난 민진서는 진지한 얼굴로 주아를 노려보았다.

"야, 무섭게. 난 선배야, 선배."

"……."

그러나 민진서는 전혀 수그러들 줄 몰랐다. 마음을 들킨 여파는 컸다. 가벼운 장난이 묵직하게 돌아오자 주아도 어이가 없었는지 코웃음을 치며 같이 노려보았다.

"너, 건방지네?"

"……."

민진서는 대선배의 말에도 전혀 주눅이 들지 않았다. 그녀의 눈에 오히려 더 힘이 들어갔다.

두 사람은 잠시 눈싸움을 했다. 그러다가…….

"하하하하!"

갑자기 주아가 크게 웃음을 터뜨렸다. 민진서가 이해를 못하겠는지 고개를 갸웃할 때, 주아는 민진서에게 한 걸음 성큼 다가왔다.

"그래, 그래. 탑이 되려면 이 정도 성깔은 있어야지. 난 또 순뎅인 줄 알았네. 좋아좋아. 역시 강윤 오빠 눈이 매섭긴 하네. 그냥 순뎅이를 고른 건 아니구나. 이 회사에서 나한테 정면으로 대드는 애가 있을 줄은 몰랐네."

"……."

"뭐, 무례했다면 미안. 가볍게 떠보려는 거였는데 설마 진짜일 줄은 몰랐거든. 뭐, 어릴 때 잠깐 그러는 거니까."

……주아와 민진서는 3살 차이다.

"……저 장난하는 거 아니에요."

"그래그래. 알았어, 알았다고. 이해해. 나 혼자만 알고 있을 테니 걱정하지 마. 그래도 조심해. 여기도 말 많은 동네니까. 알고 있지?"

"네. 충고 감사해요."

이제 막 떠오르기 시작한 스타가 스캔들의 요소를 품고 있다면 어떻게 될까. 그것은 큰 폭탄이 될 것이다. 주아도 그런 건 바라지 않았다. 물론 동경이라고 포장할 순 있겠지만 작은 게 부풀려지는 게 여론이고, 사람의 말이다.

"언니는 녹음하러 갈게. 그리고 걱정하지 마. 언니는 강윤 오빠보다 더 멋진 사람이 좋으니까."

"……."

"시간이 지나면 다 해결될 거야."

주아는 말하고 싶은 핵심을 이야기하곤 휴게실을 나섰다.

"맞아요. 시간이 지나면…… 해결되겠죠."

주아의 뒷모습을 바라보며, 민진서는 조용히 중얼거렸다.

오늘은 크리스티 안과의 개인면담 일이었다.

연습 전, 강윤은 크리스티 안을 사무실로 호출했다.

그녀에게 커피를 내준 강윤은 트레이너들이 보내준 서류
들을 보며 면담을 시작했다.

"댄스는 좋아지고 있네."

"……."

"노래도 좋아지고 있고……."

"……."

"다른 문제는 없니?"

"……없어요."

크리스티 안은 딱딱했다.

아니, 필요한 말만 했다.

강윤은 이 재미없는 소녀와 면담하는 게 쉽지 않게 느껴졌다.

올라올 때마다 풀이 죽어 있는 에일리 정과 더불어 그녀는 면담이 쉽지 않은 투톱에 속했다.

"한유하고는 잘 지내고 있니?"

"네."

"하긴, 한유가 까다롭진 않지."

"청소를 자주 하는 것만 빼면 괜찮아요."

오늘 면담도 별다를 게 없었다. 특별한 전달사항도 없어 강윤은 필요한 것들만 체크하고는 면담을 끝냈다.

"그럼 가봐도 되나요?"

"그렇게 해."

"그럼⋯⋯."

면담을 끝내고 크리스티 안이 일어나려 할 때, 갑자기 문이 덜커덕 열렸다. 주아였다.

"너, 내가 노크하고 들어오라 했⋯⋯."

"오빠! 그게 문제가 아니야!"

그런데 주아는 다른 말은 다 잘라먹고 다짜고짜 용건부터 들이댔다.

"뭔데?"

"나 허락받았어, 허락!"

"무슨 허락?"

"노래 말야, 노래! 오빠가 저번에 타이틀곡 이상하다 했잖

아. 그거!"

"아, 그래?"

강윤은 심드렁했다. 원래 2곡이 이상하다 했지만 타이틀 곡만 들어보고 다른 곡은 들어보지도 않았다. 그냥 가볍게 봐주기만 했던 거였는데 주아는 난리도 아니었다.

"그래, 잘됐지. 이제 오빠도 가야 해."

"내가 왜?"

"좀 이따가 작곡가도 올 거거든. 오빠가 그쪽 프로듀서한테 양해도 구해야 하고 작곡가한테도 말해야 한다 했지? 내가 다 했지롱~"

"……."

강윤은 진심으로 당황했다. 이건 무슨 경우인지. 강윤은 믿기 힘들어 주아의 담당인 원진문 회장에게 전화를 걸었다.

─주아 말이 맞네. 미안하지만 잘 부탁하네.

"회장님. 이런 경우가 어디 있습니까."

─……미안하네. 대신 이번에는 돈으로 때우도록 하지.

"……."

강윤은 할 말이 없었다. 돈, 특별 포상금을 준다는 원진문 회장의 말에 강윤은 더 이상 할 말이 없었다. 다시 말하면 특별 포상금을 위한 평가도 들어간다는 이야기니 강윤이 이 업무를 정식으로 담당하게 되었다는 의미이기도 했다.

"후후. 잘 부탁해."

"……."

강윤은 기어이 자신을 엮어가는 주아에게 할 말을 잃고 말았다.

"하……."

이 상황을 모두 지켜본 크리스티 안도 주아의 막가파식 밀어붙임을 보고 입을 쩌억 벌리고 말았다.

이현지 사장은 진심으로 짜증이 났다. 본격적으로 공연팀 업무를 시작하려면 강윤이 꼭 필요한데 그 강윤을 주아가 갑자기 휙 채가 버렸기 때문이다.

그래서 이현지 사장은 씩씩대며 회장실을 찾아갔다.

"하아……. 미안하네."

그런데 원진문 회장은 그답지 않게 순순히 사과부터 했다. 평소에 사과와는 거리가 먼 원진문 회장의 반응에 이현지 사장은 의아했다.

"주아의 이번 미니앨범이 매우 중요하다는 건 알고 있지 않나. 그래서 잘나가는 일본 기획자에게 일을 맡겼는데 주아의 신뢰 하나 얻지 못하니……. 좋지 않아."

"그렇다고 이 팀장을 갑자기 빼 가시면 저는 어떡합니까. 가뜩이나 공연팀이 3달 가까이 업무가 중단돼서 그동안 쌓아왔던 실적들이 무용지물이 될 판입니다."

"그래도 당장 캐시카우는 지켜야 할 게 아닌가. 이번엔 자네가 양보해 주게. 오래 걸리진 않을 거야."

"……회장님."

이현지 사장은 단호하게 나오는 원진문 사장에게 더 이상 할 수 있는 말이 없었다. 회장의 발언에 결국 공연팀 업무는 잠시 미뤄지고 말았다.

그녀는 들고 온 서류를 보여주지도 못하고 회장실을 나서 야 했다.

'이러다 이거 다른 회사한테 뺏기겠네. 이거 큰일이라 경 쟁이 만만치 않은데…….'

그녀의 손에는 '이민수 25주년 콘서트'라는 서류가 들려 있 었다.

사실, 강윤은 이런 식으로 끌려가는 게 무척 마음에 들지 않았다. 직장인이라는 게 어쩔 수 없다는 건 알고 있었지만 주관 없이 이리저리 휘둘리는 건 절대 사양이었다.

"주아야."

"왜애?"

강윤과 다시 같이 일을 한다는 게 신났는지, 스튜디오로 향하는 주아는 신이 났다. 그러나 그런 주아에게 강윤은 쓴 소리를 했다.

"이번에는 넘어가지만 다음부터는 이런 식으로 일하는 건 안 돼."

"……쳇. 비싸게 굴긴. 알았어. 미안하다고."

주아는 입술을 삐죽거렸다. MG엔터테인먼트에서 누구도 그녀에게 이렇게 말하는 사람은 없었다. 기껏해야 원진문 회장 정도였다. 그런데 지금 한 명이 더 추가되었다. 강윤과의 시너지가 좋은 그녀로서는 찔끔할 수밖에 없었다.

"좋아. 잔소리 끝. 그럼 가자."

"좋아좋아. 내가 이래서 오빠가 좋다니까."

맺고 끊는 게 확실한 강윤이 마음에 드는지 주아는 그와 팔짱까지 끼며 스튜디오로 향했다.

스튜디오에서는 덥수룩한 머리를 한 남자와 직원들이 그들을 기다리고 있었다.

"기타. 기타와 슈…… 슌지. 이므니다."

"한국말 하실 줄 아십니까?"

작곡가라 했다. 강윤은 어눌한 한국말로 자신을 소개하는 덥수룩한 촌티 나는 남자에게 놀랐다. 그는 순한 미소를 지으며 이야기했다.

"나, 주아 팬이므니다. 트레이해쓰므니다."

"……일본어로 하셔도 됩니다."

[일본말도 하실 줄 아십니까?]

[의사소통할 정도는 됩니다. 이강윤입니다.]

강윤에게 놀랐는지, 남자는 진심으로 놀란 표정으로 강윤을 바라봤다. 그러나 그것도 잠시. 그는 이내 강윤 옆의 주아를 보며 헤실거렸다.

[슌지 씨!]

[주아 씨!]

두 사람은 함께 작업하며 많이 친해졌는지 서로 손도 맞잡고 난리도 아니었다. 다른 사람들 앞에선 손가락만 물고 있던 슌지 작곡가였기에 직원들 모두가 매우 놀랐다.

간단한 티타임 겸 소개가 끝나고 본격적으로 곡 이야기에 들어갔다.

[그러니까, 2절 부분을 바꼈으면 한다는 거군요.]

[네. 어떻게 말을 해야 할까…… . 뭔가 어긋난 느낌이에요.]

[흑.]

주아에게 직격탄을 맞은 슌지 작곡가는 바로 우울모드로 들어갔다. 강윤은 그런 그에게 순화해서 말해 주었다.

[싫다는 게 아니라 다르게 바꿔 달라는 겁니다. 코드가 변하는 부분에서 다른 악기 소리를 넣어달라든가 다른 변화를 달라는 거죠.]

[싫은 게 아닌…… 거죠?]

[……네.]

강윤은 '일본 작곡가들은 이런가' 하는 생각이 들어 괜히 피식피식했다. 마치 어린애 같은 느낌이었다. 그때, 슌지 작곡가는 강윤이 힘겹게 다루는 48채널 믹서를 자기 것처럼 익숙하게 만져 선들을 꺼내더니 가져온 노트북과 연결해 작곡 세팅을 완료했다. 강윤이 놀라 눈을 껌뻑거릴 때, 슌지 작곡 가는 부드럽게 말했다.

[알겠어요. 해봅시다.]

그의 어설픈 모습은 순식간에 사라지고 작곡가의 모습으로 변신했다. 사람이 변하는 건 순식간이었다. 그 모습에 강윤도, 주아도 직원들도 눈만 깜빡였다.

'일본 애들은 다 저렇게 독특한가?'

모두가 공통된 생각이었다.

주아가 부스 안으로 들어가 본격적으로 노래를 시작했다. 노래의 시작과 동시에 강윤에게도 음표와 함께 빛이 비치기 시작했다.

'1절은 괜찮은 것 같아.'

강한 빛이 비치던 1절은 문제가 없었다. 하지만 문제는 2절이었다. 코드가 변하는 2절의 후렴, 곧 문제가 시작되었다.

'탁해진다.'

음표의 모양이 이상해지며 빛도 탁해졌다. 새하얀 빛이 탁해져 가끔 회색까지 띠었다. 강윤은 이건 아니라 생각하며 슌지 작곡가에게 눈을 돌렸다. 그의 두꺼운 안경 뒤로 작은 눈이 매섭게 떠졌다.

노래가 끝나고, 주아가 부스 안에서 나왔다.

[어때요?]

주아는 바로 물었다.

[이거, 이상해요?]

그런데 작곡가는 전혀 의외의 말이 나와 버렸다. 주아는 당황스러웠다.

[2절 키 바뀌는데요. 느낌이 너무 변해요. 뜬금없어서 뒤까지 망가지는 것 같아요.]

[이상하네. 난 괜찮은데…….]

[예에?]

주아는 기가 막힐 노릇이었다. 그녀는 계속 자기 생각을 어필했지만 슌지 작곡가는 고개만 갸웃거릴 뿐이었다.

'하긴, 작곡가가 100% 됐다 생각했으니 곡을 주었겠지.'

강윤은 작곡가의 입장에서 생각해 보았다. 저들도 어설픈 곡을 줄 리는 없었다.

주아와 슌지 작곡가가 불통대전을 하는 모습을 보며, 강윤은 해결책을 생각했다.

'일단 다 때려 박아보면서 해봐야지.'

[일단, 오리지널은 보관해 주시고 수정을 부탁드립니다. 부르는 가수의 느낌도 중요하니까요.]

[그렇죠, 그렇죠. 주아의 느낌은 특히 중요하죠.]

[…….]

주아는 이 슌지라는 캐릭터가 이해가 안 갔다. 그러나 티를 내진 않았다. 여긴 프로들이 일하는 현장이었다.

[여기 몇 번 소리가 들어가나요?]

[소리가……]

컴퓨터에 삽입된 소리를 하나하나 다 대입해 보기로 결정을 내렸다. 반주를 바꾸고, 멜로디도 바꿔보며 그것도 안 되면 다 갈아엎을 작정이었다. 회색이 들어간 노래를 내보내는 건 말도 안 되는 노릇이었다.

순지 작곡가가 작업을 끝내고, 주아는 다시 부스로 들어갔다.

[시작할게.]

강윤의 말과 함께, 수정된 곡으로 다시 한 번 노래가 시작되었다.

-繰り返して~

주아는 반주가 바뀌고, 이펙터가 바뀌는 와중에 같은 소절을 반복했다. 같은 소절이었지만 갈수록 느낌이 달라지는 것에 그녀는 고개를 갸우뚱했다.

-오빠. 내 소리가 너무 울려.

"에코가 너무 많은가……."

강윤은 바로 순지 작곡가에게 이펙터의 조절을 요청했다. 강윤과 같은 의견이었는지 순지 작곡가도 바로 기계를 조작했다. 조절 후, 다시 같은 소절이 이어졌다. 그러나 여전히 주아는 마이크를 툭툭 치며 불만을 표했다.

─이상해. 날카로워.

"멜로디는?"

─멜로디는 아직 모르겠어. 그런데 지금 느낌은 별로야.

주아는 소리가 마음에 안 드는지 불만을 표했다. 계속되는 녹음에 소모되는 체력도 한몫을 차지했다. 강윤도, 슌지 작곡가도 마찬가지였다. 그러나 만족할 때까지 누구도 힘들다는 이야기를 하지 않았다.

'음표의 빛이 미묘하게 변한다. 반주에 어떤 효과음이 들어가느냐에 따라 영향을 받는 거야.'

지금 나오는 효과음은 오르간과 피아노를 섞어 놓은 듯한 소리였다. 그 소리가 키를 높일 때의 분위기를 확 고조시켜 주는 역할을 했다. 그러나 주아는 그 소리가 마음에 들지 않는지 계속 변경 요청을 해왔고 슌지 작곡가는 가져온 수많은 소리를 바꿔가며 그녀의 요청을 들어주고 있었다.

[주아 씨, 대단하네요.]

"하하하……."

슌지 작곡가는 감탄하고 있었다. 이미 5시간이 훌쩍 지났다. 녹음만 하는 게 아니었다. 작곡, 정확히는 편곡이라 할 수 있었다. 슌지 작곡가는 팬심만큼이나 그녀에게 딱 맞는 곡을 주고 싶어 했고, 주아는 제대로 된 노래를 받고 싶어 했다. 두 사람의 시너지는 좋았지만, 강윤은 지금 이대로는 효율이 없다 판단했다.

[안 되겠네요. 잠시 쉬었다 하죠.]

결국, 강윤은 휴식을 선언했다. 강윤은 부스 안의 주아도 손짓하며 나오게 했다.

"아⋯⋯. 힘들어⋯⋯."

주아는 나오자마자 소파에 드러눕고 말았다. 짧은 티를 입은 탓에 얇은 허리가 훤히 드러났다. 슌지 작곡가가 혁 하며 눈이 동그래졌지만 자주 봐온 강윤은 별 감흥이 없는지 평이하게 저녁 메뉴를 물었다.

[드시고 싶은 거 있으신가요?]

[저녁 시간입니까?]

[초밥 좋아하십니까? 아니면 한식?]

[한국인데, 한식을 먹어야죠. 낫토 비슷한 게⋯⋯.]

한국식 된장찌개, 슌지 작곡가는 이걸 원했다. 강윤은 바로 배달을 시켰다. 주아가 자기는 왜 안 물어보느냐며 투덜거렸지만, 완전히 무시했다. 이번 일에 말려들게 한 작은 복수였다.

얼마 지나지 않아 된장찌개와 김치찌개, 순두부찌개가 배달되었다. 순두부찌개와 된장찌개는 간이 되어 있지 않은 지 소금이 따로 준비되어 있었다.

"센스는 진짜 알아줘야 한다니까."

주아는 아주 조금씩 순두부찌개에 소금을 넣으며 강윤을 칭찬했고, 슌지 작곡가도 간을 직접 맞추며 된장찌개를 먹기 시작했다. 한국의 짠 간을 각오했던 그는 강윤의 배려에 놀랐는지 연신 스고이를 외쳤다.

　식사를 마치고, 강윤은 잠시 휴식시간을 가졌다. 머리가 아파온 강윤은 옥상으로 향했다. 잘 태우지 않는 담배가 생각났다.

　"요즘 들어 담배가 맛있어지는 것 같아……."

　강윤은 하늘로 연기를 흩뿌렸다. 하루 1개비 이상은 피우지 않는 담배였다. 2개 이상 태우면 머리가 아파 하루를 망쳐 버린다. 그래도 하루 1개의 담배를 포기하지 못하는 이유를 자신도 잘 몰랐다. 그저, 담배를 태우며 사색에 잠기는 것, 그게 좋았던 것인지도 몰랐다.

　'음표, 음표라…….'

　강윤은 생각을 정리했다. 오늘, 주아에게서 나오는 음표들은 대부분 일정했다. 하지만 음표의 빛이 문제였다. 수많은 소리를 바꿔보고, 믹서에서 주아의 목소리에 효과음을 넣어보고 빼기도 해보았지만 음표들이 합쳐진 후 탁한 회색을 발하는 건 막지 못했다.

　'차라리 키 변동을 빼버릴까?'

　하지만 강윤은 고개를 저었다. 분위기를 전환하는 건 좋은 아이디어였다. 이 새로운 시도를 포기하기는 너무 아까웠다.

　그렇게 옥상에서 고민하고 있었는데, 뒤에서 인기척이 느꺼졌다. 크리스티 안이었다.

"팀장님⋯⋯."

"어라? 지금 연습 시간 아니었어?"

"오늘 일찍 끝나는 날이에요."

크리스티 안은 똑 부러지는 어조로 답했다. 일대일 면담을 할 때도 그렇고 평소에도 크리스티 안은 한결같았다. 강윤은 그제야 오늘이 단체 연습이 아닌 개인 연습이 있다는 걸 기억했다.

"아, 그렇지. 오늘은 개인 연습이 일찍 끝났구나."

"네."

"고생했어. 그럼 나중에 보자."

담배를 다 태운 강윤이 옥상을 나서려는데 크리스티 안이 그를 잡았다.

"팀장님."

"에?"

강윤으로선 의외였다. 크리스티 안이 자신을 먼저 부른 건 처음이었다.

"할 말 있니?"

"그게⋯⋯ 궁금한 게 있어서요."

그녀는 살짝 망설이는가 싶더니 바로 용건을 이야기했다.

"혹시 지금 주아 선배님 앨범 일하러 가시는 건가요?"

"맞아."

"죄송한데……. 저, 그거 견학해도 괜찮을까요?"

강윤은 의외였다. 지금까지 무언가를 먼저 요구나 부탁을 한 적이 없던 크리스티 안이었다.

"이유를 물어도 될까?"

"……."

강윤의 물음에 크리스티 안은 지금까지와는 전혀 다른 모습을 보였다. 손을 비비 꼬더니 얼굴까지 붉히고 있었다.

"……조, 좋아……."

"뭐라고?"

"서, 선배님을…… 조, 조…… 존경해서…… 요."

강윤은 황당했다. 존경한다고 견학이라니. 얼토당토않은 이유에 강윤이 벙찐 얼굴이 되자 크리스티 안이 놀라 손을 내저었다.

"그, 그런 게 아니라, 주아 선배님이 가수로서 좋은 모습을 보이니까……. 자, 작업하는 모습을 보면 배. 배울 게 있지 않을까 해서……."

당황하는 크리스티 안은 재미있었다. 그러고 보니, 지난번 크리스티 안과의 상담 때 주아가 난입했을 때 동요하는 모습을 숨기려 했다. 결국, 강윤은 웃음이 나와 버렸다.

"쿡쿡."

"……."

강윤이 결국 킥킥 웃기 시작하자 그녀는 고개를 푹 숙이고 말았다. 나빠질 게 없다 판단한 강윤은 승낙했다.

"알았어, 결국 작업하는 게 보고 싶은 거지? 네게도 도움이 될 테니까?"

"네, 네!"

강윤은 그녀에게 핑계를 만들어 주었다. 평소에 시크하던 크리스티 안은 온데간데없었다. 이미 순한 양이 되어버렸다.

"그런데 지금 작업 중인데 괜찮겠어? 걔 이땐 까칠한데."

"네, 괜찮아요!"

"가자, 그럼. 저녁은 먹었고?"

"저녁 안 먹어도 괜찮아요."

"그건 아니지."

강윤은 크리스티 안과 함께 휴게실로 가서 빵과 음료수를 사주었다. 5분도 안 돼 빵을 해치워 버린 크리스티 안은 빨리 가자며 강윤을 은근히 보챘다. 강윤은 주아의 작업을 볼수 있다는 기대감에 눈에 빛을 내는 크리스티 안을 보며 크게 웃었다.

'내가 주아 선배님 작업하는 걸 보게 되다니!'

모든 연습생에게 동경, 부러움, 질투이며 배움의 대상인 주아의 작업을 보게 된다는 것만으로도 크리스티 안은 두근두근했다. 그런 마음을 안고 스튜디오 문을 활짝 열었다.

그런데…….

'이거 무슨 냄새야?'

스튜디오 안을 감싼 구수한 음식 향기가 크리스티 안을 반겨주었다. 전혀 예상치 못한 냄새 공격에 그녀는 저도 모르게 코를 막았다.

"오빠는 무슨 식후땡을 1시간 동안 하고 오냐?"

"30분도 안 있었어……."

"됐거든. 내가 1시간이라면 1시간이야."

담배 한 대로 강윤은 주아와 투닥거리기 시작했다. 크리스티 안에게 그런 주아의 모습은 충격, 그 자체였다. 옅은 화장기 어린 얼굴에 살짝 타이트한 트레이닝복을 입은 주아의 모습은 빛이 나고 있었는데 된장찌개를 들고 강윤과 투닥거리는 그녀의 모습은 뭔가 저렴해 보였다.

"후배도 있는데 왜 그러냐."

"어디? 아, 그러네."

그러나 주아는 크리스티 안에게 크게 신경 쓰지 않는 눈치였다. 그냥 못 본 체한 주아에게 크리스티 안은 90도로 공손히 인사했다.

"안녕하십니까, 선배님."

"어, 그래."

주아는 간단하게 받아 주었다. 강윤은 어깨를 으쓱하곤 크리스티 안에게 믹서 옆자리, 부스가 잘 보이는 곳에 자리를 마련해 주었다.

"여기 앉아서 봐. 작업 중엔 예민하니까 끼어들면 안 돼."

"네."

저 선배가 원래 그렇지.

크리스티 안은 주아의 쌀쌀맞은 행동에 서운함을 느끼기보다 동경의 눈빛을 쏘아보냈다.

'멋있어!'

오히려 쿨한 향이 난다면서.

주아가 다시 부스 안으로 들어가고, 다시 작업이 시작되었다. 아직도 맞춰 볼 수많은 소리가 있었다. 슌지 작곡가가 기계를 만지는 가운데 주아의 노래가 스튜디오에 퍼지기 시작했다.

'노래 좋다!'

크리스티 안의 눈이 반짝반짝 빛났다. 평소, 무심한 그녀는 온데간데없었다. 헤드셋을 끼고 노래하는 주아를 보며 빠져들고 있었다.

-오빠, 어때?

"방금 것보단 나은데 이것도 아닌 것 같다."

음표들의 작은 변화들을 보느라 강윤도 신경이 날카로워졌다. 그러나 어쩔 수 없는 일이었다. 슌지 작곡가도 계속되는 작업에 지쳐갔지만 좋은 노래를 위한 여정에 계속 함께했다.

마침내 준비해 온 효과들도 동나고 말았다.

[여기까지예요. 더 없습니다.]

[네에?]

수없이 많은 효과를 넣고 빼고 하는 작업 중에 기어이 모든 소리를 다 써보았다는 선언을 들은 강윤은 기찬 한숨을 내쉬고 말았다. 주아도 부스에서 나와 얼빠진 얼굴로 멍하니 주저앉았다.

'결국, 이건 아니라는 건가?'

강윤은 고민했다. 그렇다면 답은 어디에 있을까? 효과음이 아니라면 결국…….

'멜로디!'

그때, 강윤의 머리를 스치는 생각이 있었다. 무식한 방법이었지만 결국 답은 찾아낼 수 있었다. 하지만 그 과정이 너무 괴로웠다.

[죄송한데 멜로디를 수정할 수 있겠습니까?]

[가능하죠. 이렇게, 이렇게…….]

슌지 작곡가는 컴퓨터로 디지털 피아노 소리를 들려주었다. 주아가 부를 노래의 음이 바뀐 것이다.

"이거면 될까?"

너무 오랜 시간이 지났다. 끈덕진 주아도 지쳐 불안함을 보이고 있었다. 강윤은 그녀의 손을 잡아 일으켜 세우며 어깨를 두드려 주었다.

"조금만 해보자. 안 되면……. 에이. 갈아엎지 뭐."

"전엔 안 된다며."

"이 고생을 했는데도 안 된다 하면 문제가 있는 거지. 어떻게든 해볼게."

"역시!"

물론, 이건 하얀 거짓말이었다. 그러나 강윤의 그 말에 주아는 기운을 얻어 다시 부스 안으로 들어갔다. 멜로디를 따라 수정된 효과음들과 섞인 MR이 흘러나왔고 주아도 박자를 세며 노래를 시작했다.

―繰り―返して～

"……!"

강윤은 일정한 크기로 흘러나오는 음표와 음표가 만드는 강한 하얀빛에 쾌재를 불렀다. 슌지 작곡가도 느낌이 확연히 사는 노래에 살포시 고개를 끄덕였다. 조금은 여성스러운 그만의 스타일이었다.

'주아 언니 멋지다. 팀장님도…….'

오랜 시간 떠나지 않은 크리스티 안도 이 작업에 졸린 눈을 비비며 동경의 눈빛을 보내고 있었다.

[이거네요.]

[그렇죠?]

강윤의 말에 슌지 작곡가도 동감하는지 바로 고개를 끄덕였다.

[그럼 제가 모래까지 살을 붙여 곡을 가져오겠습니다.]

[부탁드립니다.]

[지금 시간이…… 어이구.]

숟지 작곡가는 시계를 보더니 헉 소리를 냈다. 이미 새벽 4시가 넘어가고 있었다. 집중하느라 시계 한 번 제대로 보지 않은 게 컸다.

주아도 부스를 나오며 시원하다는 듯 소리쳤다.

"아, 끝끝끝! 끄읕! 수고하셨습니다!"

힘든 과정을 홀홀 털어버리려는 듯, 주아는 강윤과 숟지 작곡가에게 깊이 고개를 숙였다.

"수고했어."

"오빠, 정말 고마워. 내가 이 은혜는 저번에 나 대신 저 애들한테 간 거 잊는 거로 대신할게."

"……뭐라는 거냐."

주아가 자신을 밉살맞게 바라보자 크리스티 안은 기겁을 했다.

자신들이 그렇게 중요한 존재였나 싶었다. 그러나 강윤은 그걸 아는지 모르는지 할 말을 이어갔다.

"애들한테 말하는 꼬락서니 하고는. 오늘은 늦었으니까 빨리 가서 쉬어."

"네네. 수고했어요. 작곡가님도 수고하셨습니다."

"소그하셔스므니다."

어찌 되었든, 작업도 무사히 끝나고 스튜디오에서의 새벽 작업은 훈훈하게 마무리되었다.

"크리스티."

"……."

"크리스티."

"……."

"야! 크리스티!"

"츠릅……."

크리스티 안이 눈을 떠보니 영어 선생님이 자신 앞에 서 있었다. 그녀 옆에서는 정민아가 킥킥대고 있었다.

"아무리 연습생이라도 학교에서 잠은 안 된다 했지? 차라리 딴짓을 하라고 그렇게 말했건만. 복도에 나가서 서 있어!"

"……네."

크리스티 안은 영어 선생님의 매서운 분노를 맞고 복도로 쫓겨났다.

'회화도 못 하는 게…….'

졸다가 쫓겨났지만, 그녀의 입술은 삐죽거렸다. 선생님을 욕하는 건 덤이었다. 사실, 수업을 들어봐야 남는 게 없어서 조는 이유도 있었다. 멍한 눈으로 그녀는 어제 일을 생각했다.

'주아 선배님. 진짜 멋있었어. 같은 노래를 느낌이 다르다고 불러보고, 또 불러보고 결국 마음에 들 때까지⋯⋯.'

뮤지션의 모습을 보니 눈이 반짝거렸다. 어젠 졸리지도 않았다. 물론 당사자인 주아는 지겨워 죽을 맛이었지만 콩깍지가 제대로 쓰인 크리스티 안에겐 전혀 그렇게 보일 리 없었다.

'나도 저렇게 되고 싶어.'

내가 녹음한 노래를 사람들이 들어주고, 화려한 조명에 드라이아이스가 깔린 무대에 올라 사람들의 환호를 받는⋯⋯. 생각만 해도 몸이 절로 떨려왔다.

"아아⋯⋯. 너무 좋아."

"남자친구 생각하냐?"

그런데 갑자기 문이 열리더니 익숙한 목소리가 들려왔다.

"뭐야, 너냐?"

"그래, 나다."

동료이자 학교 반 친구, 정민아였다. 그녀도 한창 졸다 나왔는지 이마에 붉은 자국이 가득했다.

"졸았냐?"

"저런 노잼 수업을 어떻게 계속 듣겠어?"

"하긴."

크리스티 안이 이마 자국을 보며 묻자 정민아가 퉁명스레 답했다. 크리스티 안은 바로 수긍했다. 영어 선생님의 수업은 수면제로 유명했다.

"주아 선배 녹음하는 곳에 있던 거야?"

"어. 새벽 4시까지 작업하더라. 녹음은 아니고 곡 수정이라는데 정확히 뭔지는 모르겠어."

"그렇게 좋은 게 있으면 같이 좀 가지. 혼자만 좋은 거 보고."

정민아는 아쉬웠는지 얼굴을 찡그렸다. 그러나 크리스티안은 관심이 없는지 퉁명스레 답했다.

"좋은 건 혼자 봐야 재미있는 거야."

"못 된 것만 배워 가지곤. 앞으로 내 배 베지 마."

"언젠 허락받고 벴어?"

"호오라?"

두 사람의 목소리가 커지기 시작할 때, 교실 안에서 불호령이 떨어졌다.

"이것들이 복도 밖에서도 떠들어?!"

"……."

불호령에 두 사람은 잠시 잠잠해지다가, 곧 조용히 소곤거렸다.

'너 때문이잖아!'

'뭐래. 니 목소리가 커서 그런 거거든?'

정민아와 크리스티 안의 티격태격함은 수업이 끝날 때까지 계속되었다.

스튜디오에서의 작업이 끝나고 3일 뒤에 완성된 곡을 가져오기로 했지만, 슌지 작곡가는 바로 다음 날 저녁, 완성된 곡을 들고 MG엔터테인먼트를 찾아왔다.

덕분에 퇴근을 서두르던 강윤이나 숙소에서 쉬고 있던 주아도 회사로 급히 달려와야 했다.

[내일 올 걸 그랬나요?]

[아닙니다. 빨리 하면 좋죠.]

스튜디오에서 미리 세팅하며, 강윤은 괜찮다며 손사래를 쳤다.

곧 주아가 도착하자 세 사람은 곡을 들어보았다.

"멜로디는 굿. 불러봐야 더 알겠지만."

"바로 해보자."

주아는 바로 부스 안으로 들어가 헤드셋을 썼다. 쓰고 온 비니를 벗으니 머리가 엉망이 되었지만, 그녀는 신경 쓰지 않았다. 노래가 시작되자 음표가 나오며 빛이 비치기 시작했다.

'좋아졌다.'

이전의 곡과는 확실히 달라졌다. 강윤은 음표나 빛이나 긍정적으로 변한 것들을 보며 만족스러웠다.

[주아랑 잘 맞네요.]

[제가 듣기에도 그렇습니다.]

슌지 작곡가도 만족스러운지 연신 미소였다.

'여기부터 문제다.'

강윤은 바짝 긴장했다. 1절이 지나고, 2절의 음이 변하는 부분. 드디어 이 부분이 다가오고 있었다. 이 부분에서 곡이 확 살지, 아니면 예상치 못한 무언가가 있을지 강윤은 긴장하며 침을 꿀꺽 삼켰다.

－繰り－返して～

주아의 노래가 스튜디오를 울리며, 그녀의 빛이 요동쳤다. 2절의 키가 올라가는 부분이 부드럽게 변화하면서 빛이 더더욱 강렬해졌다. 음표들이 만들어내는 빛들이 더욱 힘을 받으면서 옆에 있던 크리스티 안에게도 영향을 주었다.

"완전 멋있다……."

크리스티 안은 멍하니 입까지 벌렸다. 평소에 감탄사는커녕 작은 감상도 잘 내지 않는 크리스티 안이다. 강한 빛과 함께 확실한 반응을 보니 강윤은 노래가 좋아졌다는 걸 확신할 수 있었다.

[고생하셨습니다. 마음에 듭니다.]

[고생 많이 했어요. 팬심의 힘이에요.]

주아의 노래가 스튜디오에 퍼지는 와중에, 강윤은 슌지 작곡가의 손을 굳게 잡았다.

"오빠, 이번 노래 대박."

슌지 작곡가가 돌아가고, 주아는 스튜디오의 고급진 소파에 누워 강윤에게 엄지를 척 내밀었다.

"이제 안심이야?"

"원래 이랬어야지. 아, 진짜. 그 미친놈이 자꾸 이상한 곡을 밀어붙이니까……."

"작곡가 보니까 말이 안 통하는 사람은 아닌 것 같던데."

"작곡가 말고. 기획 PD 말이야. 오빠같이 말도 안 통하고, 자기 말이 옳다며 자기 말만 들으라는 이상한 놈이야. 난 한국 사람이라고 여기 잘 모른다면서 자기 말만 들으면 다 통한다고 하는 거 있지?"

주아는 생각만 해도 화가 났는지 일본 기획자 욕을 한참 해댔다. 쌓인 게 많은지 손까지 파르르 떨며 열변을 토했다. 강윤은 조용히 듣기만 했다. 만나보기 전까진 모를 일이니 말이다.

"이제 두 곡을 비교해서 설득하는 일만 남았네."

"오빠가 이것도 해주는 거지?"

"아니."

강윤은 단호하게 고개를 저었다. 주아는 당연히 발끈했다.

"아, 또 왜!"

"내 일은 여기까지잖아. 곡 같이 봐줬으면 됐지, 왜 또."

"오빠!"

주아가 계속 강윤에게 매달렸지만, 그는 요지부동이었다.

"나도 내 일을 해야지. 주아 너도 중요하지만, 여기에만 매달리면 다른 애들 일은 언제 하겠어."

"윽……."

"이 정도 했으니까 양보해 달라고. 곡도 제대로 나왔으니 설득 정도는 네가 할 수 있잖아?"

주아는 할 말이 없었다. 강윤의 말이 맞았다. 사실 일방적으로 매달리다 시피해서 신세를 진 게 미안하기도 했다.

"알았어. 근데 좀 서운하다?"

"이 정도 해줬으면 됐지, 서운하다니. 적반하장이다?"

"……하여간. 무슨 말을 못해요. 뭔 이렇게 사람이 강해."

"여동생 키워봐. 이렇게 된다."

"쳇. 이해했다. 거기, 너."

주아는 강윤의 동생, 희윤을 생각하니 대번에 이해가 되었다. 강윤이 대쪽같은 이유가 있었다.

이번에는 주아의 화살이 크리스티 안에게로 돌아갔다.

"네, 네!"

"팀장님 말 잘 들어라. 너희 애들한테도 그대로 전해."

"네!"

기합이 바짝 든 크리스티 안을 보고 만족했는지 주아는 만면에 미소를 띠며 고개를 끄덕였다. 그 모습에 강윤은 헛웃음이 나왔다.

"내 앞에서 군기 잡냐?"

"훗. 애들 말 안 들으면 말해. 내 일을 거절하면서 맡는 애들이 말을 안 듣는다? 그냥 콱……."

"야야."

"하하하. 그럼 나중에 봐."

강윤에게 잔소리 폭격을 맞을까, 주아는 서둘러 스튜디오를 나가버렸다. 강윤은 언제나 제멋대로 성격인 주아를 보며 풋 소리를 냈다.

"하여튼 웃긴다니까. 크리스티, 가자."

"……"

"크리스티?"

"……네. 가, 가요."

크리스티 안은 울상이 되었다가 강윤의 말을 듣고 나서야 간신히 정신을 차렸다.

'왜 내가…….'

강윤과 일을 못 하게 해서 주아에게 미움을 받는다니…….
크리스티 안은 억울했다. 한편으론 자신들이 그만큼 대단한 것 같아 마음이 단단해지기도 했지만 당장 주아에게 미움받는 것 같아 가슴이 떨려왔다.

그걸 아는지 모르는지 강윤은 어깨를 으쓱할 뿐이었다.

사장실에서, 강윤은 이현지 사장과 공연팀 이야기를 하고 있었다.

"이거, 기한 절대 못 맞춥니다."

강윤은 이현지 사장이 들고 온 '이민수 25주년 콘서트'라는 제목의 서류를 보며 고개를 절레절레 흔들었다.

"무리인가요?"

"네. 지금이 아니라 못해도 2주 전에는 뛰어들었어야 했습니다. 저희 단독으로 할 수 있는 규모가 아닙니다. 1만 명 규모의 콘서트라면 여러 업체와 함께 일을 해야 할 텐데, 업체 선정하고 자금도 확보해야 하고…… 여러 가지로 무리수가 따를 겁니다. 결국, 무리해서 이 일을 한다 해도 남는 게 없을 겁니다."

"아까운데…… 1%의 가능성도 없는 건가요?"

중견 가수 이민수의 25주년 콘서트.

이현지 사장은 대형 프로젝트를 가져온 게 진심으로 아까운지 계속 강윤을 설득하고 있었다. 그러나 강윤은 단호했다.

"네. 없다고 생각합니다. 후발주자인 이상 단가를 후려쳐야 할 겁니다. 그렇게 들어간다면 다른 업체들에 소문도 좋지 않게 날 겁니다. 남는 이익도 없고 소문도 안 좋게 나면 앞으로 공연팀을 꾸리기도 힘들 겁니다. 현재의 이익 때문에 무리할 필요는 없다 봅니다."

"아……. 머리 아프군요. 그때 회장님을 어떻게든 설득했어야 하는데……."

이현지 사장은 원진문 회장이 강윤을 주아 일로 투입했을 때, 어떻게든 그를 설득하지 못한 게 후회되었다. 이런 대형 프로젝트를 놓친 게 아쉬워도 너무 아쉬웠다.

그러나 강윤의 생각은 달랐다.

"회장님이 지금은 때가 아니라고 생각하신 걸지도 모릅니다. 전 지금 걸그룹 프로젝트도 진행하고 있습니다. 콘서트는 단시간에 뚝딱 해낼 수 있는 프로젝트가 아닙니다. 몇 달간 그것에만 매달려야 하는데, 걸그룹을 끼고는 온전히 해내기 쉽지 않다고 판단한 것일지도 모르죠."

"이 팀장이라면 할 수 있을 텐데 말이죠."

"저를 높게 봐 주시는 건 감사하지만……."

그때, 사장실의 전화벨이 울렸다. 회장실의 연락이었다.

―이 사장. 혹시 이 팀장과 같이 있나?

"네, 회장님. 무슨 일이십니까?"

―이 팀장 있으면 회장실로 오라 해줄 수 있겠나? 지금 바로.

"알겠습니다."

급한 일인지 비서실을 통해서가 아닌, 원진문 회장 본인이 직접 연락을 해왔다. 이현지 사장이 일을 방해받아 머리를 쥐고 있을 때, 강윤은 바로 일어났다.

"그럼 다녀오겠습니다."

"……그렇게 해요."

강윤은 바로 회장실로 향했다. 중요한 요지는 이미 다 설명했다. 이번 일은 시기상조다. 이현지 사장도 결국 안타깝지만 포기하게 될 것이라고, 강윤은 생각했다.

회장실로 들어가니 원진문 회장과 머리를 노랗게 물들인 30대 후반의 남자가 그를 기다리고 있었다.

"어서 오게, 이 팀장."

"부르셨습니까."

"인사하지. 여긴 일본에서 온……."

그러나 노란 머리의 남자는 강윤을 보자마자 의자에 앉은 채 굳은 얼굴로 올려다봤다.

[아카바시 타오라 합니다.]

[이강윤입니다.]

앉아서 악수하는 게 심상치 않았다. 원진문 회장도, 강윤도 그를 보는 눈이 살며시 찡그려졌다.

[단도직입적으로 묻겠습니다. 이강윤 씨, 왜 제 작업에 참견이십니까?]

강윤은 대번에 이 남자가 누구인지 알 수 있었다. 그는 주아의 일본 미니앨범 기획자였다.

[참견이라 하셨습니까?]

[참견입니다. 곡에도 개입하셨고, 사사건건 주아에게 이렇게 저렇게 앨범에 대해 참견을 했습니다. 한국인은 오지랖이 넓다 들었는데, 기획도 그런 겁니까?]

그는 화가 많이 난 듯했다. 강윤이 아는 일본인들은 직접 화를 내는 경우가 드물었다. 뒤에 칼을 가는 기질이 있었지만, 그는 앞에서 직접 폭발시키고 있었다. 그가 크게 분노하고 있다는 말이었다.

그러나 강윤은 침착했다.

[오지랖이라 하셨습니까?]

[아닙니까? 주아는 계속 이강윤이라는 이름만 이야기합니다. 이강윤이라면 이렇게 했다, 저렇게 했다. 이번 노래도 그렇습니다. 주아는 제가 승인한 노래에 참견하셔서 기어이 편곡을 해왔더군요. 기획자가 이야기하면 가수는 믿고 따라야 할 것 아닙니까? 그런데 주아는 전혀 그렇게 하지 않습니다. 내가 이 길로 가라고 하면 이강윤은 이렇지 않은데 하면서 딴 길로 샙니다. 이게 맞는 겁니까?]

[그럼 가수는 인형같이 기획자 말에 무조건 따르기만 해야 하는 겁니까?]

강윤은 분노하며 열변을 토해내는 아카바시 프로듀서 앞에 냉정하게 자기 생각을 풀어내기 시작했다.

[기획자는 가수에게 믿음을 줘야 합니다. 그렇지 않습니까?]

[그 말은 내가 믿음을 주지 못했다는 말입니까?]

아카바시 프로듀서는 진심으로 분노했다. 강윤의 말은 주아가 자신을 믿지 못했기 때문에 강윤에게 와서 의견을 구했다는 이야기 아닌가?

원진문 회장도 말은 알아듣지 못했지만, 표정들을 보니 이야기가 심상치 않게 돌아간다는 걸 알 수 있었다.

"이 팀장, 지금……."

원진문 회장도 개입하려고 했지만, 강윤의 말이 먼저였다.

[당연하지 않습니까? 가수가 노래를 부르다 곡이 이상하다 의견을 냈습니다. 그렇다면 듣는 시늉이라도 해야 하는 거 아닙니까?]

[곡에는 이상이 없었습니다. 내가 그 정도 능력도 없다 생각하는 겁니까?]

[느낌이라는 건 모두 개인적입니다. 이상이 있다 없다 함부로 판단할 수 있다고 생각하십니까? 기획자도 사람입니다.]

[만약 내 느낌이 맞지 않는다면 어떻게 지금까지 내가 이 자리를 지켜왔겠습니까? 자꾸 이런 식이라면 계약을 해지하겠습니다.]

아카바시 프로듀서는 분노가 하늘을 찔렀다. 그는 막무가내였다. 지금까지 승승장구해 온 자존심에 생채기가 제대로 났는지 얼굴이 일그러질 대로 일그러졌다. 원진문 회장도 놀라 그를 잡았다. 그러나 강윤의 말은 끝나지 않았다.

[그래서, 그 느낌대로 기획한 가수들이 모두 성공했습니까?]

[그건…….]

[내가 기획한 스타들이 모두 떴다, 난 성공률 백 퍼센트다. 그렇다 해도 느낌이란 놈은 신뢰할 수 없습니다. 대중과 기획자의 생각이 다르기 때문입니다. 제가 이런 말씀은 안 드리고 싶지만 최근 기획하신 3명의 앨범이 흥행참패를 했다고 알고 있습니다. 냉정하게 말해서 주아도 이렇게 되지 않는다고 보장할 수 있습니까?]

[……]

아카바시 프로듀서는 거칠게 나가려던 발걸음을 멈췄다. 자존심은 제대로 상했다. 그러나 이런 말을 듣고 나가 버린다면 회복할 길이 없었다.

이 바닥에 무시당하고 일 때려치운 프로듀서로 소문이 날 게 뻔했다. 어떤 일이 있어도 저놈은 눌러놓든가 좋게 마무리하든가 하는 길밖에 없었다.

[……후유. 그래, 좋아요. 그래서 주아가 당신한테 와서 내 작업에 이러쿵저러쿵하게 한 건 잘한 짓입니까?]

[잘못입니다.]

[그걸 알면서……. 당신도 뻔뻔하군요. 무례하고, 최악입니다.]

[맞습니다.]

강윤은 뻔뻔했다. 그 모습에 아카바시 프로듀서의 얼굴이 새빨갛게 달아올랐다. 분노가 하늘을 찔렀다.

"くそ(제기랄)!"

그는 회장실이 떠나가라 소리를 질렀다. 그렇게 하지 않고는 견딜 수가 없었다. 그 소리에 놀라 비서들이 달려왔지만 원진문 회장이 조용히 손짓하자 모두가 조용히 문을 닫고 나갔다.

잠시 후, 약간은 진정된 아카바시 프로듀서에게 강윤이 차분히 말했다.

[저는 기획자란 가수에게 믿음을 심어줘야 하는 게 최우선이라 생각합니다. 두 사람은 대중을 상대로 싸워야 하는 전우와 같은 존재라 생각합니다. 저도 같은 일을 하는 사람입니다. 프로듀서님의 기분이 충분히 이해가 가고, 죄송하다 생각하고 있습니다. 그러나 불안에 떠는 주아를 내버려 둘 수도 없었습니다.]

[불안……?]

[네, 주아는 곡에 대해 불안해하고 있었습니다. 그래서 제게 곡을 가져 왔고, 스스로 작곡가까지 설득하는 정성을 보였습니다. 프로듀서님과 완전 따로 놀고 있었던 거죠. 저는 누가 더 옳은지는 모르겠습니다. 하지만 중요한 게 무엇인지는 알겠습니다.]

강윤은 잠시 숨을 고르고, 요지를 말했다.

[주아에게 믿음을 심어주십시오.]

[…….]

강윤은 원진문 회장에게 가볍게 묵례를 하고는 조용히 회장실을 나왔다.

"허허……."

뻘쭘하게 둘만 남게 된 원진문 회장이 헛웃음을 낼 뿐이었다. 그는 이내 일본어가 되는 비서를 불러 옆자리에 오게 했다. 아카바시 프로듀서와 이야기를 해야 했기에.

이현지 사장과 콘서트 이야기를 마무리 짓기 위해 강윤은 다시 사장실로 향했다.

강윤이 없을 때 한참 동안 그의 말을 곱씹던 이현지 사장은 콘서트에 대해 생각을 정했는지 서류들을 조용히 내려놓았다.

"포기해야겠네요."

물론, 무리하면 할 수는 있다는 결론이 나오지만, 강윤 말대로 남는 게 없었다. 경영자의 입장에서 그녀는 눈물을 머금고 포기를 선언했다.

"알겠습니다."

"아쉽네요. 옛날 같으면 그냥 밀어붙였을 텐데…… 나도 나이가 들었나."

진심으로 아쉬웠는지, 이현지 사장은 내려놓았던 서류를 다시 들었다. 그녀는 누구보다도 일욕심이 많은 여자였다.

"다음 기회가 있을 겁니다. 연말에 많은 일이 들어올 테니 그때를 기다려 보는 것도 나쁜 선택은 아닐 겁니다."

"후. 그때는 우리 애들 데뷔 아닌가요?"

"아……. 그렇군요."

강윤은 손바닥을 쳤다. 그때가 되면 강윤이 기획하는 걸그룹이 데뷔해야 하는 시기다. 강윤은 그때를 위해 스케줄들을 맞춰놓고 있었다.

"아아. 공연팀도 천천히 운영해야겠군요. 당분간은 걸그룹에 집중해야 할 테니까요. 이 팀장도 생각해 줘야 하니까."

"배려해 주신다면 감사히 받아들이겠습니다."

"대신 큰 성과를 기대할게요. 이 팀장이니 일반적인 건 아니겠죠?"

강윤은 말없이 씨익 웃었다. 이런 기대는 부담인 동시에 즐거운 것이기도 했다.

"최선을 다하겠습니다."

"좋아요. 아, 저번에 말했던 공부 말인데 9월 초에 개강이에요. 다 말해놨으니 미리 가서 만나보는 것도 괜찮을 겁니다."

"수업만 들으면 됩니다."

"대학생으로 등록은 못 시켜줘도 과제 같은 것은 봐 주겠다 하네요. 물론, 거기서도 원하는 게 있을 겁니다. 큰 부담은 주지 않을 테니 걱정하지 말아요. 그런 건 내가 다 막아줄 테니."

"감사합니다."

음악이론을 제대로 배울 기회가 열렸다. 강윤은 이현지 사장에게 고개 숙여 감사를 표했다. 그녀는 고개를 흔들며 괜찮다는 제스처를 취했다.

이현지 사장은 강윤에게 팸플릿을 내밀었다. 강윤이 들을 강의에 들어올 교수가 한 특강에 대한 팸플릿이었다.

'최찬양 교수. 38세, 한려 예술대학 작곡과 교수라…….'

강윤이 팸플릿을 꼼꼼히 읽어 내려갈 때, 이현지 사장이 추가로 설명을 이어갔다.

"이 팀장이 음악이론에 문외한이라고 하니까 S대학에서 하는 기초강의부터 들으러 오라더군요. 저번에 디에스 애들 공연했던 그 학교 기억나죠?"

"네. 알고 있습니다."

"거기에 화성학 기초를 개설한다고 하니까 즐겁게 듣고 오세요. 좋겠네요. 어린애들과 수업도 같이 듣고. 회춘하겠네요."

"기운 잘 받고 오겠습니다."

이현지 사장은 강윤을 놀려댔다. 강윤도 그녀의 말에 잘 응수하곤 사장실을 나섰다.

사장실을 나서 사무실로 가니 이번에는 주아가 그를 기다리고 있었다.

"오빠……."

"하아……. 이번엔 너냐?"

강윤으로선 봉변을 당해 주아가 그리 반갑진 않았다. 주아도 평소와 다르게 당당히 그를 맞이하진 못했다.

"미안. 오늘 회장실에서 한판 했다며?"

"거하게 했지. 너는 왜 사고를 크게 쳐 가지곤⋯⋯."

"그 자식이 이상한 거야. 자꾸 지 말만 벅벅 해대잖아. 오빠도 이야기해 봤으니까 알 거 아냐. 지 고집대로만 밀어붙인다고. 내가 인형도 아니고. 빡친다고요."

주아는 생각만 해도 열이 뻗치는지 얼굴이 살짝 상기되었다. 강윤은 그녀의 이런 모습에 고개를 절레절레 흔들곤 커피를 내밀었다.

"땡큐. 그래도 오빠밖에 없네. 나 생각해 주는 건."

"그거 마시고 빨리 가서 화해해."

"싫어."

하지만 강윤의 말에 주아는 고집을 부렸다. 강윤은 차분히 눈을 깔고 이야기했다.

"네 말대로 그 사람이 고집이 세긴 하더라. 그 사람도 당연히 잘못했지. 그런데 너도 잘못이 있어."

"내가 뭐?"

"남자는 말이야, 자존심 하나로 먹고사는 존재야. 그런데 왜 자꾸 비교해? 가뜩이나 요새 3명이나 실패한 사람이잖아. 알게 모르게 강박증이 있었을 텐데."

"내가 그런 거까지 신경 써줘야 해? 그 사람이 나한테 신뢰를 먼저 줘야지."

"너는 무조건 받기만 해야 한다는 거야?"

"그건⋯⋯."

주아도 할 말이 없었다.

"사람이 먼저 줄 수도 있어야지. 물론 네 말대로 기획자는 가수에게 신뢰를 줘야 하는 게 당연해. 하지만 가수도 기획자를 믿어줘야 역량을 발휘할 수 있어. 자꾸 선비 같은 소리를 하게 돼서 미안한데, 이건 기본 중의 기본이잖아. 안 그래?"

"그건 그렇지만……. 그런데 그 사람이 자꾸 자기 말만 맞는다고 하잖아! 그런데 어쩌라고!"

"그 사람에겐 주아 네가 못 미더웠으니까 그랬겠지."

"잠깐. 그럼 내가 딸려서 그 사람이 밀어붙였다는 거야?"

주아의 자존심을 제대로 건드린 탓에 그녀의 눈에 제대로 불이 붙었다. 후배들이 보면 난리가 날 만한 눈빛이었지만 강윤은 평온히 말했다.

"생각해 봐. 넌 이제 한 번 떴어. 그쪽 입장에서 보면 어찌어찌 뮤직 스테이션에 나가 화제가 되었고 대박이 난 가수지. 그런데 2번째는? 원래 처음보다 2번째가 어려운 거 알잖아. 그 사람이 널 쉽게 믿을 수 있었을까? 대박 가수가 다음에 쪽박을 차는 경우가 허다해. 게다가 일본인도 아니고 한국인이야. 그 사람의 생고집은 당연히 잘못이지만 이런 면도 있지 않았을까?"

"……."

주아는 말문이 턱 막혔다. 사실, 계속 강윤과 비교를 해오며 그 프로듀서와 충돌할 거리를 만든 건 주아, 자신이었다. 생각해 보면 그녀 스스로가 원인을 제공한 게 많았다.

"……쳇."

하지만 쉽게 인정하기 힘들었는지 주아는 얼굴을 있는 대로 일그러뜨리며 자리에서 일어났다. 강윤에게 서운함이 인 탓이었다. 그걸 알았지만, 강윤은 그녀를 붙잡지 않았다.

"저런 거 보면 영락없는 애라니까."

주아가 툴툴대며 나갔지만, 강윤은 주아를 믿었다. 이 정도 말했으면 그녀가 다 알아서 잘할 것이라 믿었기 때문이었다.

"Science is built of facts the way a house is built of bricks but an accumulation of fact is no more science than a pile of brick is a house. 이 문장에서는 몇 가지 용법이 쓰였을까? 아는 사람 손? 아, 그래. 자라, 자……."

두꺼운 뿔테 안경을 쓴 영어 선생님은 포기했는지 고개를 절레절레 흔들곤 혼자만의 수업을 이어갔다.

물론 완전한 혼자만의 수업은 아니었다. 희윤을 비롯한 몇몇 학생들이 똘망똘망하게 눈을 뜨고 그와 수업을 함께하고 있었으니 말이다. 물론, 영어보다 한글이 더 많은 설명에 쉽게 따라가지는 못했지만 말이다.

'어?'

그런데 희윤의 휴대전화에서 약한 빛이 났다.

-훈훈! 오늘 시간됨?

주아에게서 온 문자였다.

-오늘???? 언제????

-밤! ^.^

-밤외출은 오빠한테 혼나서 안됨……. 흑규흑규.ㅠㅠ;;

-괜찮괜찮! 같이 볼 거야. 됨?

희윤은 무슨 말인가 이해가 안 됐다. 그러나 오빠와 함께라면 상관없을 것 같아 긍정적인 답변을 보냈다.

-알았어~ *^.^*

주아에게서 온 문자는 이걸로 끝이었다. 희윤은 이상하게 생각했지만, 얼른 핸드폰을 넣고 수업에 집중했다.

오늘은 투석 날이라 희윤은 여느 때처럼 병원으로 향했다.

최근 들어 체력이 붙었는지 투석을 받아도 생각보다 체력이 많이 떨어지지 않았다. 몸이 좋아지고 있는 것 같아 희윤은 요즘 기분이 매우 좋았다.

병원에 가는 길에 희윤은 주아에게 전화를 걸었다.

-희윤아! 웬일이야?

"바빠?"

-아니이. 아까 문자 때문에 전화했구나.

"응. 무슨 일 있어?"

–아니, 별일은 아니고……. 오늘 저녁 먹자고. 괜찮아?

"오빠한테 먼저 말을 해봐야 할 텐데."

–오빠는 걱정하지 마. 내가 다 알아서 할게.

"그럼 난 OK야. 주아 오랜만에 보면 나도 좋아."

–알았어. 그럼 그때 보자~

평소와는 다르게 통화는 길지 않았다. 희윤은 가벼운 발걸음으로 병원으로 향했다.

강윤은 여느 때와 같이 희윤의 배웅을 받으며 출근을 했다. 사무실에 도착해 업무를 시작하려는데 책상 위에 자신의 것이 아닌 것 같은 봉투를 발견했다.

'이강윤 친전. 이건 뭐지?'

어제까지만 해도 본 적이 없는 봉투였다. 강윤은 자신에게 온 그것을 개봉했다. 내용물을 보곤 강윤은 경악을 금치 못했다.

'이건 초대장이잖아? M호텔, 8시? 허……. 내 앞으로 온 건가?'

누군가 자신을 초대하기 위해 보내온 것이었다. M 호텔이면 국내 최고급 호텔이었다. 강윤은 이런 초대장을 보낸 이유가 무엇일까, 머리를 싸매고 고민했다.

'대체 누가 이런 걸……'

스카우트 제의일까? 벌써? 아니면 뇌물?

강윤은 별의별 생각을 다 하며 업무를 시작했다.

저녁이 되었다.

강윤은 초대장을 들고 M 호텔로 향했다. 초대장을 보여주니 안내를 받아 안으로 입장하는 건 쉬웠다. 그런데 안내받아 들어가니 아는 얼굴들이 기다리고 있었다.

"연주아, 아니 희윤이도?"

"오빠, 왔어?"

주아와 희윤이 강윤에게 활기차게 인사하며 손을 흔들었다. 강윤은 반가움과 놀라움이 교차했다.

"어……. 초대장을 네가 보낸 거야?"

주아가 가리킨 곳에서 남자 두 명이 척 봐도 튀는 옷을 입고 천천히 걸어오고 있었다. 주아 앨범의 총기획자 아카바시 프로듀서와 슌지 작곡가였다. 주아는 두 사람이 오는 방향으로 손을 흔들었다.

[잘 찾아오셨네요?]

[한국 호텔은 서비스가 좋더군요.]

아카바시 프로듀서는 주아와 편안하게 대화하며 강윤에게

인사를 했다.

[이전에는 실례가 많았습니다.]

[아닙니다. 제가 실례를 했죠.]

회장실에서의 날 선 모습과는 다르게 지금은 서글서글한 모습이었다. 강윤은 아카바시 프로듀서와 악수를 하고 슌지 작곡가와도 인사를 한 후, 자리에 앉았다.

호텔 코스 요리가 하나둘씩 나오기 시작했다. 희윤이 난생 처음 보는 호텔 요리에 조금씩 손을 대는 중에 아카바시 프로듀서가 첫 말문을 열었다.

[일전에는 실례가 많았습니다. 강윤 씨 덕분에 이번 앨범이 좋은 반응을 보이고 있습니다. 오늘은 제가 마련한 자리입니다. 많이 드십시오.]

강윤은 놀랐다. 주아의 이번 미니앨범이 일본에서 폭발적인 반응을 보이고 있다는 이야기는 들어서 알고 있었다. 그렇다고 이런 저녁 식사 대접을 받을 줄은 생각도 못 했다.

[이런 대접은 생각도 못 했습니다.]

[사실은 일본으로 모시고 싶었습니다만, 동생분이 아직 여권이 없다 들어서……. 다음에 꼭 함께 일본으로 오십시오. 온천까지 제대로 모시겠습니다.]

강윤과 처음 만났을 때와는 달리, 그는 180도 달라져 있었다. 강윤은 영문을 모르겠다는 듯, 주아를 바라봤다.

"아아. 그렇게 볼 거 없어. 나나 프로듀서님이나 오빠한테

대판 혼나고 화해한 거니까. 곡은 슌지 작곡가님에게 나중에 받은 거로 갔고. 우리 너무 자기 입장에서만 생각했었어. 조금만 생각해 보면 되는 것들이었는데."

강윤은 그제야 이해가 갔다. 서로가 결국 한 발자국 다가간 것이다. 강윤의 말이 계기가 돼서 말이다. 그들이 이번 대박을 친 계기는 결국 강윤이었다. 이건 그 보답이었다.

[이번 앨범 대박이에요. 미니앨범인데도 3판을 쪄어내고 있으니……. 흑흑. 저도 덕분에 돈 좀 만졌습니다.]

슌지 작곡가도 기분이 좋은지 주아를 보며 만세라도 부르고 싶었다. 이번 앨범 덕에 현재의 이익뿐만 아니라 자신의 몸값도 엄청나게 올랐다. 이번에 고생을 많이 했지만 결국 다 엄청나게 좋은 결과였다.

강윤은 손사래를 쳤다.

[좋은 결과가 나서 다행입니다. 다들 열심히 하셔서 난 거 아닙니까.]

[이 팀장님이 없었으면 그것도 없었습니다. 이렇게까지 앨범이 잘 될 줄은 몰랐습니다. 덕분에 많이 배웠습니다. 슬럼프도 극복했고 자신감도 얻었습니다. 이 은혜를 어떻게 갚아야 할지…….]

[은혜라니요.]

강윤은 저자세로 나오는 아카바시 프로듀서가 부담스러웠다. 크게 많은 일을 한 건 아니라 생각했다. 그저 자기 생각을 그대로 말했을 뿐이었다. 그런데 이게 다른 사람에겐 큰 영향을 주었다니. 조금은 당혹스럽기도 했다.

[PD님. 저 오빠는 원래 그런 사람이에요. 생색도 안내는 재미없는 사람이라니까요.]

[그렇습니까. 대인이시군요.]

[칭찬하면 더 민망해할 테니, 우리 밥이나 먹어요.]

이젠 주아와도 완전히 친해졌는지, 아카바시 프로듀서는 그녀와 거리낌 없이 이야기했다. 좋게 결론이 난 것 같아 강윤은 마음이 편안해졌다.

모처럼 좋은 음식을 대접받고, 동생도 좋은 곳에 올 수 있어 강윤도 즐거웠다.

즐거운 시간은 그렇게 흘러갔다.

뜨거운 여름이 조금씩 가고 선선한 바람이 조금씩 불어오기 시작했다.

그동안 한산했던 대학교마다 학생들로 북적이기 시작했다. 2학기가 시작했기 때문이었다. 학기의 시작과 함께 조용했던 광장이나 강의실에 학생들이 들어차기 시작했고 도서관에도 공강 시간을 때우거나 공부를 하려는 학생들로 사람들이 북적이기 시작했다.

그 학생들의 틈바구니에, 강윤이 있었다.

"허……. 내가 너무 일찍 왔나."

처음으로 희윤의 일이 아니라 개인적인 일로 반가를 쓴 강윤은 강의 시간이 많이 남자, 대학 도서관으로 향했다.

학생증이 없어 일반인 신분으로 안에 들어간 그는 학교가 소장한 수많은 책에 놀라움을 금치 못했다.

'진짜 많네. 어디 있더라…….'

강윤은 바로 공연 관련 자료가 있는 코너로 향했다. 강윤의 주 관심사는 그곳에 있었다. 컴퓨터로 자료의 위치를 찾은 강윤은 바로 3층으로 향했다.

'찾았다.'

강윤은 '예술'이라고 쓰인 코너로 향했다.

그곳은 미술뿐만 아니라 음악, 공연 등 수많은 책이 포진되어 있었다. 학기 초라 그런지 학생들은 거의 보이지 않았다. 강윤은 바로 음악과 공연 책들이 모여 있는 곳으로 향했다. 위치가 멀지 않아 바로 찾을 수 있었다.

'Concert Produce……. 아, 원서잖아.'

하지만 강윤은 이내 실망을 감추지 못했다. 공연 관련 서적들이 죄다 원서로 기록되어 있었기 때문이었다. 혹시나 하는 마음에 모든 영역을 뒤적였지만, 영어, 독일어 등 한국어로 되어 있는 책 한 권이 없었다. 결국은 모두가 빛 좋은 개살구였다.

"이래서 기획 공부하는 애들이 많지 않은 거구나."

요즘 관련 과가 생기기도 했다지만, 아직은 환경이 열악하다는 이야기를 들었다. 강윤 자신도 결국 현장에서 구르고 구르다 경력을 인정받아 이쪽으로 뛰어든 케이스가 아닌가. 현실을 알게 되니 괜히 씁쓸해졌다.

그런 마음으로 한참을 뒤적이다가 눈에 들어오는 한 권의 책이 있었다.

공연기획 기본서.

딱 한 권, 한글로 되어 있는 설명서였다. 강윤은 반가운 마음에 얼른 책을 집어 들었다.

'프로듀서, 공연장대표, 총괄매니저, 배우 등 100여 명의 뜻을 모아 이 책을 만듭니다. 한국에서는…….'

강윤은 서문을 읽어나갔다. 한국에서 마땅한 기본서가 없어 여러 가지 서적들을 참고해서 한국에 맞는 기본서를 만들었다는 내용이었다. 강윤은 기대에 차 책을 넘겼다.

'뭐야? 예시가 너무 없잖아?'

하지만 이내 강윤은 실망했다. 기본 이론만 딱딱하게 설명되어 있었지 예시가 너무 부족했다. 말 그대로 기본서였다. 그리고 보니 책도 두껍지 않았다. 말 그대로 기본 중의 기본만 설명된 이론서였다.

강윤이 착잡한 마음으로 책을 거의 다 넘겼을 때, 뒤에서 인기척이 났다. 강윤이 뒤돌아보니 처음 보는 웬 젊은 여자가 강윤의 옆에 서 있었다.

"저기요……."

도서관인지라, 그녀의 음성은 작았다.

"무슨 일이시죠?"

"그 책, 다 보신 건가요?"

"조금만 보면 됩니다. 무슨 일이시죠?"

강윤을 부른 여자는 짧은 치마에 늘씬한 길이를 가진 전형적인 대학생이었다. 어깨까지 내려오는 생기 있는 머리가 특히 도드라졌다. 강윤은 자신보다 책에 눈을 떼지 못하는 그녀의 모습에 바로 눈치를 챘다.

"책이 필요한가요?"

"네, 네. 제본해야 해서요. 빌리실 게 아니라면 양보 부탁해도 될까요?"

강윤은 지긋이 그녀를 바라보다, 바로 책을 내주었다.

"감사합니다. 휴……. 이거 별건 아닌데……."

그녀는 진심으로 다행이라는 표정으로, 가방에서 강윤에게 초코바를 꺼내 주었다.

"괜찮습니다."

"아니에요. 지금 제가 드릴 수 있는 게 이거밖에 없어서……."

"괜찮습……."

"나중에 봬요."

그녀는 강윤에게 초코바를 쥐여 주더니 책을 받아 들곤 쏜살같이 가버렸다.

"요즘 애들은 기운이 넘치는구만."

강윤은 학교에서 만난 첫 인연에 어깨를 으쓱였다.

시간이 되어 강윤은 강의실로 향했다. 교수로부터 허락을 받았다지만 청강생의 신분이라 앞쪽보다 뒷자리에 앉았다. 최찬양 교수가 출석을 부르기 시작하고 학생들이 하나둘씩 답하며 수업이 시작되었다.

"신우진."

"네."

"이창연."

"네."

같은 목소리가 2번씩 나는 경우도 있었지만, 교수는 모르는 척 그냥 넘어갔다. 교양과목에서는 간혹 있는 일이었다.

가나다순의 마지막 성씨, 하 씨 성을 부를 차례였다.

"하지연."

"……."

"하지연 학생 안 왔나요?"

최찬양 교수가 결석에 표시하려는 그때, 뒷문이 열리더니 한 여자가 뛰어들어왔다.

"헉헉……. 죄송합니다."

"학생 이름이 뭔가요?"

"하지연입니다."

"다음부터 이러면 지각이에요."

최찬양 교수는 결석에 체크했던 것을 출석으로 바꿨고, 하지연이라는 여자는 비어 있던 강윤의 옆자리에 헐레벌떡 앉았다.

"오늘은 오리엔테이션을……."

교수의 수업이 시작되었을 때, 하지연이 강윤을 보며 입을 쩌억 벌렸다.

"그쪽은 아까 책?"

"아……."

강윤도 기억해 냈다. 옆의 그녀는 자신에게서 책을 가져갔던 그 아가씨였다.

4화

걸그룹, 시작하다

민진서는 지금 남이섬에 있었다. 남이섬의 한 숲 속에서 여성잡지에 나갈 사진을 촬영하고 있었다.

"그래, 그렇게! 한 번만 웃어볼까?"

찰칵 소리가 연달아 터지는 가운데 민진서는 요염하게, 때로는 활달한 얼굴로 다양한 표정을 연출하고 있었다.

"준수야, 반사판 조금만 옆으로 비쳐 봐라."

"네."

은박에 싸인 반사판을 움직이는 남자는 민진서의 얼굴에서 그림자를 없애기 위해 열심히 위치를 이동했고 사진작가는 연신 셔터를 눌러댔다. 바람이 불어오는 숲 속이었지만 여전히 날씨는 뜨거워 어려운 촬영이었다.

분홍색 드레스를 입고 한참 동안 촬영이 계속되었다. 결과물을 노트북으로 전송한 사진작가는 스태프들과 잡지사 관계들과 함께 결과물들을 보며 환한 얼굴이 되었다.

"표정이 아주……. 우리 진서 중3 맞아?"

"진짜 물건은 물건이에요. 저 작은 얼굴에 들어갈 건 다 들어가 있는 느낌이에요."

"이거 더 크면 여럿 잡겠는걸?"

결과물들을 보며 관계자들이 저마다 한마디씩 할 때 민진서도 다가왔다. 결과물이 크게 만족스럽지 않은데 칭찬이 쏟아지니 오히려 민망해졌다.

옷을 갈아입고 다음 촬영으로 넘어가기 전, 잠시 쉬는 시간을 가지기로 했다. 스태프들이 모두 각자의 팀에서 쉬는 동안 그녀의 매니저 김주환이 물과 수건을 건네주었다.

"고마워요, 오빠."

"고맙긴. 내 일인데."

쉬는 시간에 민진서는 사람들과 대화를 나누기도 했고 장비들에 관해 묻기도 했다. 아직 호기심이 많은 10대 소녀라 그런지 사람들은 그녀의 물음에 잘 대답해 주었다. 게다가 그녀의 외모도 한몫 단단히 했다. 이미 촬영장은 그녀를 중심으로 돌아간다고 해도 과언이 아니었다.

"여기요."

"감사합니다!"

"말씀 편히 하셔도 되는데……."

민진서는 사인 하나에 좋아 죽으려는 조명팀 스태프 때문에 민망하기도 했다.

여러 가지 일들이 있었지만 그날, 남이섬에서의 촬영은 성공리에 끝이 났다. 사진작가는 최고의 작품이 나올 것 같다며 민진서에게 칭찬을 아끼지 않았고 잡지사도 연신 엄지손가락을 꺼내 들었다.

촬영이 끝나니 날이 어두워지고 있었다. 민진서는 피곤한 몸을 이끌고 밴에 올랐다.

남이섬에서 집으로 향하는 길은 멀었다. 피곤함에 지쳐 민진서는 잠이 들었다. 밴의 잠자리가 아직 완전히 익숙해지진 않았지만, 사람들이 자신을 필요로 해준다는 것이 행복해 민진서는 마음이 푸근했다.

"주환 선배님. 요즘 팀장님 이야기 들으셨습니까?"

"어떤 팀장님? 우리 팀장님 말이야?"

"아니요. 이강윤 팀장님 말입니다."

그런데 선잠이 든 민진서의 귓가에 이상한 말이 들려왔다. 김주환 매니저와 로드매니저의 대화였다.

"이 팀장님이 왜? 또 공연 시작하셨대? 허허. 담당들 죽어나겠네."

"그건 아니구요. 뭐……. 전 고생해도 그 팀에 들어가고 싶습니다. 그 팀이 일은 빡세도 보너스 하나는 두둑하지 않습니까."

"하긴……. 저번 디에스 팀은 해외여행 갔다더라. 휴가비에 포상금까지 제대로 터져서. 아……. 부러워, 부러워. 그런데 무슨 일인데?"

"이번에도 한 건 하셨대요. 주아 미니앨범 건으로."

"아아. 그거구나? 일본 프로듀서랑 한판 떴다는 거? 그런데 그거 대박 났다며?"

민진서는 혹시나 저들이 강윤의 욕을 하나 살며시 듣고 있었는데, 그런 건 전혀 없었다. 그들은 강윤을 부러워하고, 동경하고 있었다. 일본 프로듀서가 와서 호텔에서 밥까지 샀다는 이야기까지 하며 그들은 연신 부러움을 내고 있었다.

"부럽다, 부러워. 근데 팀장님은 결혼 안 하나?"

"에이. 그걸 왜 선배님이 걱정하세요. 이 팀장님이야 최고의 신랑감인데 청담에서 잡으려 들겠죠."

"청담? 에이, 너무 썼다. 뭐……. 하긴. 키 크지, 돈 잘 벌지. 집안은 모르겠다. 집안이야 어때. 본인이 최곤데. 그치?"

"그러니까요. 아, 부러우면 지는 건데. 나나 잘해야지."

두 남자는 고속도로를 쾌속 질주하면서 토크쇼를 계속 이어갔다.

'신랑감? 뭐가 어째?'

그러나 그 이야기를 듣는 민진서는 팔이 살며시 떨려왔다. 피곤이 단번에 달아나 버린 그녀는 도착할 때까지 잠을 이루지 못했다.

첫 수업은 오리엔테이션이라 오래 걸리지 않고 끝이 났다. 강윤은 최찬양 교수에게 인사를 하기 위해 교단 앞으로 나갔다.

"교수님."

"아, 이강윤 씨."

최찬양 교수는 강윤을 바로 알아보았다. 이현지 사장의 선배로서 강윤에 대해 신신당부를 들었기에 당연한 일이었다. 간단하게 인사한 그들은 바로 근처 카페로 향했다.

"수업을 듣게 해주셔서 감사드립니다."

"아닙니다. 원래는 개인 과외라도 해드려야 하는데…….
이렇게밖에 해드릴 수 없어서 죄송할 뿐입니다. 혹시라도 출석을 못 하시면 제 사무실로 오십시오."

"배려해 주시니 감사합니다. 학교에 다니는 기분이 들 것 같네요."

개인과외도 과외도 괜찮았지만, 대학교에 나와 수업을 듣는 것도 신선했다. 학생들과 함께 수업을 듣는 기분은 강윤에겐 새로웠다.

최찬양 교수는 강윤에게 현장에서의 여러 가지 일들을 물어왔다. 학교에서는 현장의 숨결을 느낄 수가 없어 강윤 같은 이와의 만남은 그에겐 매우 중요했다. 특히 강윤은 최근 가장 핫하게 떠오르는 사람, 그는 곡의 트렌드와 관련해서 많은 것들을 묻고 또 물었다.

"……역시, 트렌드가 조금씩 변하고 있군요. 가볍고 사람들 귀에 가볍게 넘길 수 있는 곡이라……."

"보이는 음악이 중요해질 겁니다. 하지만 듣는 음악이 중요하지 않다는 건 아니죠. 가볍게 넘긴다는 건 더 빠르게 사람들을 만족시켜야 한다는 것이니 그만큼 작곡이 더 어려워지겠죠. 가수들 실력은 말할 것도 없고요."

강윤의 말에 최찬양 교수는 십분 공감했다.

"맞네요. 저도 학생들을 가르칠 때 이런 부분들을 더 강조해야겠습니다. 트렌드, 트렌드라……. 많이 배웠습니다."

"저도 교수님께 배우고 갑니다."

대화를 나누다 보니 어느덧 시간은 밤 11시가 되었다. 카페에 손님이 모두 나가고 두 사람만 남아 있었다. 직원이 슬슬 눈치를 주는 시점이었다.

"제가 드린 책 미리 보고 오시면 수업에 도움이 될 겁니다."

"배려 감사드립니다. 앞으로 잘 부탁드립니다."

강윤의 인사에 최찬양 교수도 정중히 손을 내밀어 악수를 청했다. 두 사람은 그렇게 헤어졌다.

늦은 지하철을 타고 집으로 가니 희윤의 방에 아직도 불이 켜져 있었다.

"다녀왔어?"

"아직 안 잤어?"

"오빠가 안 왔잖아. 어? 그건 무슨 책이야?"

희윤은 강윤이 들고 온 책에 호기심이 일었는지 받아들곤 이리저리 넘겨보았다. 그러나 이내 알아들을 수 없는 콩나물 들의 향연에 바로 강윤에게 넘겨주었다.

"에? 음악책이네. 어려워."

"원래 음악이 어려운 거야."

"이제 음악도 배우려고? 대단해, 우리 오빠."

"원래 오빠가 대단하긴 하지."

"……무슨 칭찬을 못 하게 해."

강윤은 희윤의 가벼운 타박에 크게 웃고는 바로 옷을 갈아 입고 욕실로 들어갔다. 하루의 여독은 샤워로 푸는 게 최고 였다.

강윤의 샤워 소리가 거실에 가볍게 울려 퍼질 때, 희윤은 강윤이 들고 온 책을 다시 펼쳐 들었다.

"화성학기초라……. 나도 이거 공부하면 오빠한테 도움이 될 수 있을까?"

희윤은 소파에 앉아 종이를 한 장씩 넘기기 시작했다. 1도 와 5도, 화음의 구성 등 알아들을 수 없는 말들의 향연이 계 속되었지만 계속 읽어 내려갔다.

강윤이 샤워를 끝내고 나왔을 때, 그는 희윤이 자신의 책 에 푹 빠져 있는 모습을 볼 수 있었다.

'희윤이가 음악에 관심이 있었나?'

강윤은 책을 조금 보고 잘 생각이었지만, 동생의 집중을 방해하면서까지 그럴 생각은 없었다. 그는 조용히 방 안으로 들어갔다.

최근 대형 콘서트 기획이 무산되어 이현지 사장은 기분이 좋지 않았다. 물론 직원들에게 화풀이하는 등의 갑질은 하지 않았지만, 그녀는 지금 의욕이 없어 날카로웠다.

'아아. 이 정도로는 안 되는데……'

이현지 사장은 조금 전, 일에 대한 전화를 마치고 고개를 흔들었다. 컴백을 하려는 5인조 남자 아이돌 가수의 의뢰였다. 그러나 인지도가 워낙 없고 소속사가 작아 생각해 보겠다는 말만 남기고는 전화를 끊었다. 필시 시즌스와 같은 효과를 노리고 연락을 했을 게 분명했다.

'대부분 이런 전화들이네……'

한 번의 임팩트로 확 떠오르길 원하는 가수들이 주로 연락이 왔다. 그러나 이현지 사장은 이런 단기적인 일보다 장기적으로 수익성이 나는 일을 원했다. 또 원진문 회장에게 실속 없는 일이나 잡아온다는 말을 듣고 싶지 않았다.

이현지 사장이 이런저런 고민을 하고 있을 때, 강윤이 왔다는 비서실의 연락이 왔다. 그녀는 서류들을 한편으로 밀어 넣고 강윤을 맞이했다.

"어서 와요. 수업은 잘 들었나요?"

"덕분에 잘 들었습니다. 교수님이 좋은 분이시더군요."

최찬양 교수에 대한 이야기로 일과 잡담이 함께하는 커피 타임이 시작되었다.

"요즘 들어오는 일들은 신통한 게 없군요. 다 시즌스 같은 일뿐이에요."

"그렇습니까. 저는 괜찮습니다만……."

"자꾸 그런 일만 맡으면 이미지가 굳어져요. 이젠 큰 프로 젝트를 맡아 도약해야 해요. 아, 콘서트……."

그녀는 아직도 주아 일로 콘서트를 놓친 게 아쉬운지 깊은 한숨을 내쉬었다. 강윤도 그녀의 마음을 알았는지 별말을 하 지 않았다.

"저는 당분간 애들한테만 신경 쓰도록 하겠습니다."

"그렇게 해요. 그런데 재미있는 보고서가 올라왔더군요. 멤버를 개인별로 홍보하겠다라……."

"네."

이현지 사장은 강윤이 어제 올린 보고서를 찾아 들고 왔다.

"팀이 먼저가 아닌, 개인별로 홍보를 하겠다라……. 지금 도 예산이 많이 들어갔다고 이사들이 눈에 불을 켜고 시빗거 리를 찾던데, 더 난리가 나겠군요."

"절 잡아먹으려 하겠죠."

"쿡쿡."

이현지 사장은 웃음을 참기 어려웠는지 입을 막고 웃었다.

"재미있네요. 홍보팀이 바빠지겠어요. 어떻게 홍보를 할 생각이죠?"

"일단 노이즈성 마케팅은 지향할 생각입니다. 한주연 같은 경우 노래하는 영상을 UCC를 통해 공개하는 방식으로 내보낼 생각입니다. 그리고 지금 '추석특집 팔도모창가요제'에 출연하기로 예정되어 있습니다."

"방송과 UCC에 연계라. 확실히 임펙트가 있네요. 그런데 모창이면 연습이 많이 필요할 듯싶군요. 연습생이 방송 출연한다고 안티가 생길 수도 있겠어요."

"연습은 이미 1달 전부터 준비를 해놨습니다. 안티야……관심의 표현이라 생각하고 있습니다. 그 정도 각오는 해야죠."

"하긴. 하지만 연습생 때부터 안티가 생길 수 있다니. 안타깝군요."

이현지 사장은 바로 결재란에 사인했다.

"회장님한테는 내가 직접 가져가죠."

"알겠습니다."

"그럼 수고해 줘요."

강윤은 인사를 하곤 사장실을 나섰다.

강윤은 사무실에서 한주연과 면담을 하고 있었다.

"준비는 많이 했니?"

"네."

한주연은 강하게 고개를 끄덕였다. 휴가를 다녀온 이후, 한주연은 강윤으로부터 방송에 나가게 될 거라는 엄청난 말을 들었다. 그 이후 매일매일 강민주의 '그대에게'를 연습, 또 연습했다. 단순한 연습이 아니었다. 호흡부터 목소리까지 완전히 '똑같이' 카피했다.

"어려운 건 없었어?"

"다 어렵죠. 음도 높고, 호흡도 워낙 길어서요. 그래도 스타일이 비슷해서 어떻게든 한 것 같아요."

"다행이네."

'그대에게'를 한주연에게 권한 건 강윤이었다. 중견 가수 강민주의 노래가 한주연과 잘 맞을 거라 판단했기 때문이었다. 과거의 한주연도 강민주의 노래를 리메이크해서 부르기도 했다. 하지만 이렇게 똑같이 카피를 하진 않았다.

"그럼 한번 들어보자."

그 말에 한주연은 자리에서 일어나 넓은 자리로 갔다. 자리를 잡고 목을 가다듬은 후, 노래를 시작했다.

"그댄 좋은 사람~ 하지만 그댄 모르죠~"

한주연에게서 파란 음표가 흘러나오기 시작했다. 그러나 마이크와 반주가 없어서일까, 빛은 일어나지 않았다. 강윤은 파란 음표들을 유심히 관찰했다.

"가끔 차오르는 내 눈물은~"

강민주의 노래와 똑같았다. 음표들도 일정했다. 모창으로선 손색이 없었다. 그러나 강윤으로선 이상하게 만족스럽지 않았다.

'뭐가 문제지?'

얼핏 듣기에 강민주의 목소리같이 들렸다. 그런데 강윤에게 드는 느낌은 그리 좋지 않았다. 뭔가가 빠진 듯한 느낌, 찐빵에 앙꼬가 빠진 느낌이었다.

"주연아."

결국, 강윤은 노래를 중단시켰다.

"네? 별로였나요?"

"그런 건 아니고, 반주에 맞춰서 불러본 적 있어?"

"네."

"마이크 잡고는 해봤니?"

"그건 아직······."

"지금 해보자."

"네?"

강윤은 얼떨떨해하는 한주연을 데리고 바로 지하 스튜디오로 향했다. 뭔가 잡히지 않는 가닥을 잡기 위해선 무엇이 문제인지 보고 싶었다. 제대로 조건이 갖춰지면 그것을 볼 수 있을 거라는 생각에 한주연을 이끌었다.

"우와! 여기가……."

아직 지하 스튜디오에 와 본 적이 없는 한주연은 깔끔하면서 넓은 스튜디오를 보며 감탄을 금치 못했다. 그러나 강윤은 그런 말들을 들어줄 여유가 없었다. 바로 한주연을 부스 안으로 밀어 넣고 마이크를 잡게 했다.

"아아, 해봐."

―아아.

"소리 맞출 줄 알지?"

―네.

강윤은 서둘러 소리를 맞췄다. 한주연의 목소리를 맞춘 강윤은 이내 MR을 찾아내고는 바로 시작 사인을 보냈다.

―바로 해요?

"응. 시작하자."

한주연은 강윤이 이렇게 서두르는 이유를 알지 못했지만 그래도 지시에 충실히 따랐다. 곧 노래가 시작되었다.

―그댄~ 좋은 사람~ 하지만 그댄 모르죠~

음표들이 만들어 내는 빛은 하얀색이었다. 강하진 않지만 약하지도 않았다. 강윤은 의아했다.

'뭐가 문제지?'

노래가 계속되었지만, 빛은 크게 변화가 없었다. 평이했다. 4분 정도의 노래가 끝날 때까지, 빛의 밝기는 크게 요동치지 않았다.

노래가 끝나고, 한주연이 밖으로 나왔지만, 강윤은 고민을 하느라 그녀를 인식하지 못했다.

'……특별히 나쁘진 않았어. 그런데 뭔가 빠진 것 같아. 그 것만 채운다면 완벽한 모창이 될 것 같은데…….'

"팀장님."

생각에 빠진 와중에, 한주연이 부르자 강윤은 사색에서 깨어났다.

"아, 미안."

"제 노래 어땠나요? 처음이라 긴장해서 엉망이었을 것 같은데……."

"잘하더라. 연습 많이 했나 봐."

"그래요? 다행이다. 강민주 선생님 따라 하려고 노력 많이 했거든요. 박자나 호흡까지도 똑같이 하려고 연습한 게 보람이 있었네요."

그때, 강윤의 머리에 스치는 게 있었다.

'호흡?'

가수마다 저마다의 호흡이 있다. 숨을 쉬는 타이밍의 차이였다.

"주연아. 세 번째 소절 부를 때, 숨을 어디서 쉬어?"

"그땐 이 부분 말씀이죠? 거긴 사람에서 한번 쉬고 들어가야 해요. 안 그러면 힘들어지더라고요."

강윤은 그 말을 듣고 바로 AR을 재생시켰다.

-그댄~ 좋은 사람~ 하지만 그댄 모르죠~

한주연의 말이 맞았다. 그러나 호흡의 길이에 차이가 있었다. 그리고 마지막에 노래가 좀 더 터져 나와야 했다. 작은 차이였다.

"아……."

"어렵다, 어려워."

다른 부분들도 마찬가지였다.

혹시나 했는데 호흡 문제였다.

강윤은 한주연이 가져온 악보에 하나하나 체크를 했고 그녀도 주의 깊게 익혀갔다.

그는 한주연을 다시 부스 안으로 들어가게 한 후, 다시 믹서 앞에 섰다.

"해보자."

강윤의 말과 함께 MR이 흘러나오며 한주연의 노래가 흐르기 시작했다.

-그댄~ 좋은 사람~ 하지만 그댄 모르죠~

'이거다!'

한주연에게서 나온 음표들은 일정했다. 음표들이 합쳐져 발하는 빛은 눈이 부실 만큼 밝았다. 엄청난 히트를 기록했던 '그대에게'라는 곡인 만큼 똑같이 부르니 영향력도 엄청났다.

-그댄 알까요~ 내 맘속 한 사람~

강윤은 눈을 감았다. 이젠 이 노래가 강민주라는 가수의 곡인지, 한주연이 부르는 노래인지 헷갈릴 지경이었다. 박자와 목소리, 호흡까지 완전히 일치시키니 나무랄 곳 없는 모창이었다.

노래가 끝나고, 한주연이 나오자 강윤은 말없이 녹음된 노래를 재생시켜 주었다.

"이게 제가 부른 거라고요?"

한주연도 이 노래가 자신이 부른 노래인지 의심스러웠다. 강민주의 AR을 튼 것인지 자기가 부른 건지 그녀도 헷갈렸다. 강윤은 말없이 그녀의 어깨를 툭툭 두드려 주었다.

"연습 열심히 했네. 수고했어."

"감사합니다."

강윤이 조용히 나간 뒤에도, 한주연은 자신의 노래를 듣고, 또 들으며 오늘의 감격을 즐겼다.

회의 시간.

강윤은 팀원들과 함께 첫 번째로 세상에 나올 한주연에 대해 회의를 하고 있었다.

"김 과장님. UCC 준비는 잘돼 가고 있습니까?"

강윤이 홍보팀의 김정률 과장에게 묻자 그는 자신만만하

게 답했다.

"네. 한주연이 잘해줘서 만족할만한 그림이 나왔습니다."

"보고 이야기하죠."

홍보팀의 사원 유창석이 프로젝트를 재생시키자 한주연이 스튜디오에서 노래하는 영상이 재생되었다. 사람들에게 친숙한 유행가를 부르는데 듣기에 매끄러웠고 거부감이 없었다. 영상을 타고 나와 빛은 보이지 않았다. 그래도 한주연이 열과 성을 다해 부르는 게 느껴져 나쁘지 않은 느낌이었다.

"괜찮군요. 방송이 나가는 날 바로 공개해 주세요."

"알겠습니다."

강윤은 들어갈 예산, 절차 등을 계속 이야기했다. 팀원들은 자신이 담당한 파트에 맞는 사정들을 이야기하며 강윤에게 의견을 구했고, 자신의 입장에서 이야기하며 의견을 조율해갔다. 강윤은 이야기를 수용하며, 때론 쳐내며 회의를 이끌어갔다.

"한주연에 대한 이야기는 이 정도로 정리하면 될 것 같습니다."

강윤의 마무리와 함께, 모두가 기나긴 한숨을 내쉬었다. 그동안 회사 내에서 준비하던 그녀들이 본격적으로 한 걸음을 내딛는 순간이었다. 본격적으로 바빠질 생각에 각오를 단단히 다졌다.

회의가 끝나고, 강윤은 소녀들이 연습에 한창인 3층으로 향했다. 오늘은 단체 연습이 없어 개인별로 연습이 따로 있었다. 그는 바로 한주연이 연습하고 있는 방으로 들어갔다.

"팀장님……."

"내가 방해했나?"

"아니에요."

한주연은 홀로 방송에 나갈 곡을 연습 중이었다. 그녀는 강윤을 보며 조금 놀란 눈치였지만 이내 그를 맞아주었다. 여느 때처럼 강윤이 물을 내밀자 공손히 받아 들곤 자리에 앉았다. 강윤이 오는 시간은 곧 휴식 시간이었다.

"다음 주에 녹화지?"

"네. 긴장되네요."

"첫 방송이잖아. 떨릴 만하지."

"혹시 팀장님도 가시나요?"

"나? 글쎄……."

"죄송한데, 실례가 안 된다면 그날 같이 가주실 수……. 있나요?"

"응?"

강윤은 이게 무슨 말인가 싶었다. 그러나 이유는 바로 알 수 있었다.

"진경 언니가 팀장님과 함께하면 무슨 일이 일어나도 안심할 수 있다고 그랬거든요.

"제가 보기보다 간이 작아서요. 실례가 안 된다면 부탁드려요."

"진경이가? 둘이 친한가 보네."

"연습생 때부터 조언 많이 해준 언니에요. 언니한테 팀장님 이야기 많이 들었거든요. 팀장님이 있으면 뭘 해도 된다고……."

주아도 그렇고 이번에는 김진경까지. 이런 말을 들을 때마다 강윤은 당혹스러웠다. 지금부터는 비상체제였다. 하지만 그 비상체제가 한주연으로 인한 것이니 거절할 명분도 마땅찮았다.

"알았어."

"감사합니다."

"나 참. 네 일도 해야 하는데……."

강윤이 투덜거리는 모습을 보니 미안하기도 했다. 하지만 조금이라도 떨리는 마음을 잡는 게 우선이었다. 떨리는 첫 방송에서 강윤이 있다면 조금이라도 낫겠지, 싶었다.

강윤은 한주연의 연습실에서 나와 이번에는 크리스티 안에게로 향했다. 그녀는 한창 외부 강사에게서 이미지 관리에 대한 트레이닝을 받고 있었다.

"표정이 특히 중요해요, 표정. 웃을 때는 안면 근육을……."

"……."

강윤이 조용히 뒷문을 열고 들어가니 크리스티 안이 잘 활용하지 않는 입꼬리와 눈꼬리를 손으로 들어 올리는 훈련을

하고 있었다. 외부 강사는 안면 전체를 활용해야 한다며 강조,
또 강조했다. 얼굴만 아름다워 봐야 장식품밖에 안 된다는 말
에 크리스티 안은 이를 악물고 외부 강사의 말에 따라갔다.

"잠시 쉬었다 할까요?"

"……네."

앉아서 듣는 강의였지만 크리스티 안에게는 무척 힘든 시
간이었다. 몸을 추욱 늘어뜨리며 누웠는데 연습실 뒤에 조용
히 서 있는 강윤을 발견하고 기겁하며 벌떡 일어났다.

"팀장님!"

"누워 있어. 쉬는 데 방해하러 온 거 아니니까."

그래도 크리스티 안은 눕지 못했다. 원래부터 어려운 강윤
이었지만 주아와 함께 일하는 그를 직접 보면서 강윤이 더
어렵게 느껴졌기 때문이었다. 계속 서 있는 그녀에게 강윤은
앉기를 권했고 그제야 자리에 앉았다.

"왜 이런 트레이닝을 받는지 알아?"

"모르겠어요."

그래도 크리스티 안은 솔직했다. 강윤은 솔직한 답에 마음
이 들어 바로 답을 말해주었다.

"주연이가 곧 방송에 나갈 거란 이야기는 들었지?"

"네."

"다음 차례는 너야."

"네?!"

원래 동요가 거의 없는 그녀도 강윤의 말에 연습실이 떠나가라 소리를 높였다.

"저, 저도 방송에요?"

"아니. 방송은 아냐. 주연이가 방송에 나가는 목적이 뭔지는 알고 있지?"

"저희 한 명씩 공개된다고 들었어요."

"맞아. 다음이 네 차례야. 하지만 방식이 조금 달라."

"저는……."

"잡지광고."

"네?!"

인지도가 높은 연예인에게나 들어오는 광고로 공개한다니…….

전혀 알아들을 수 없는 강윤의 말에 크리스티 안의 표정이 의문으로 물들었다.

"우리 회사가 투자하는 브랜드가 있어. 그 회사 잡지광고에 너를 쓸 거야."

"아, 디어링하우스요? 거기 화장품 디자인 예쁘던데."

"그래? 그것까지는 모르겠다. 아무튼, 그 화장품 광고에 나갈 거야. 그래서 지금 이렇게 연습하는 거니까 신경 많이 써야 해. 콘셉트는 알고 있지?"

"네. 표정 없는 공주가 화장품 사용 후 표정이 확 밝아지는 거 맞죠? 보고 웃었어요."

"Before, After를 확실히 보여주는 광고컨셉이래. 그러니까 꼭 '잘' 웃는 훈련을 하도록 해. 알겠지?"

"네!"

크리스티 안이 힘차게 대답했다. 사실 한주연이 방송에 나간다기에 자신은 뭔가 없을까 기대를 했다. 하지만 난데없이 표정만 죽어라 연습하라니 실망했었다. 그런데 광고라니. 규모가 작든 크든 상관없었다. 날아갈 것 같은 기분이었다.

"아, 이번엔 광고 개런티가 많지 않아. 그냥 나가서 고기나 사 먹고 오는 걸로 생각해."

"……네에."

물론, 강윤의 마지막 말에 크리스티 안이 조금 실망하긴 했지만 말이다.

♪ ♪♩♩ ♪♪♫ ♩♪

가을이 되면서 소녀들의 마음은 싱숭생숭…… 할 틈 따윈 전혀 없었다.

여름에 휴가를 다녀온 게 사실상 마지막 휴식이었다. 그 이후, 그녀들에겐 말 그대로 죽음의 스케줄이 주어졌다. 월화수목금금금 아니, 금금금금금금금의 스케줄이 장마철에 비 오듯 마구 쏟아져 내렸다.

"으아아아아아–!"

모처럼 모인 단체 연습 시간, 정민아는 온몸에 김을 내며 바닥에 철퍼덕 누워버렸다. 평소처럼 그녀의 배를 깔고 누웠어야 할 크리스티 안은 그러기도 귀찮은지 원래 대형을 이뤘던 곳에서 굴러다니고 있었다.

　"……아하하하. 여긴 어디고 나는 정민아다. 난 연습을 위해 태어난 존재인가……."

　혹독한 연습에 미쳐가는 정민아는 눈앞에 별을 보고 있었다. 아무리 강철과 같은 체력을 타고났어도 이런 미친 연습 스케줄을 수행하는 건 녹록치 않았다.

　"한유야, 괜찮니?"

　"……아뇨. 언니는요?"

　"나 녹아……."

　에일리 정은 바닥에 누워 조금이라도 한기를 느끼고 싶은지 온 바닥을 굴러다녔다. 서한유는 그와 반대로 우아하게 물을 얼굴에 부으며 조금이라도 한기를 날리려 했다.

　그녀 옆에 있던 이삼순과 한주연은 이미 눈까지 감은지 오래였다.

　그러나 그녀들의 휴식은 오래가지 않았다. 연습실에 제일 높은 분이 난입하셨기 때문이다. 강윤이었다.

　"야야, 일어나."

　"우으으으…… 누구야아……."

　"팀장님."

"으헉……."

이삼순은 정민아에 의해 번쩍 들려 자리에 앉혀졌다. 강윤은 코끝을 찌르는 땀 냄새에 이미 익숙해졌는지 아무렇지도 않은 얼굴로 들고 온 물을 그녀들에게 내밀었다. 모두가 꿀꺽꿀꺽 소리를 내며 갈증을 풀 때, 그는 용건을 이야기했다.

"모두 고생이 많다. 휴가 끝나고 단체로 보는 건 처음이다. 그치?"

"……네에."

그녀들의 답에는 힘이 없었다. 물론, 강윤이 힘찬 답을 기대한 건 아니었다.

"너희 지금 개인별로 공개되고 있다는 이야기는 들었지?"

"네."

"그 후, 이사님들과 관계자분들 초청해서 공식적으로 너희에 대해 알릴 거야. 그때 너희가 언제 데뷔 할 건지, 어떤 콘셉트로 갈 건지도 다 발표할 거야."

"아……."

소녀들 모두가 피곤이 확 달아나는 기분이었다. 강윤의 말인즉슨, 이제 너희들을 내놓기 전, 모두에게 평가를 받게 하겠다는 말이었다.

"쇼케이스 같은 건가요?"

한주연이 묻자 강윤은 고개를 저었다.

"아니. 관계자들만 모아놓고 하는 거니까 성격은 달라. 방송국에 너희 데뷔과정을 찍어 방송하는 건도 조율 중이긴 한데 어떻게 될지는 모르겠네."

"자, 잠깐만요. 데뷔 과정을 방송한다고요?"

정민아가 지나가는 말로 이야기한 강윤의 말을 붙잡았다.

"아직 확정은 아냐. 왜?"

"그럼 저희 일거수일투족을 다 찍는 거예요? 숙소까지 다?"

"확정이 아니라고 했잖아. 조율 중이야. 확정되면 다시 이야기해 줄게. 어떻게 될지는 모르니까. 지금 중요한 건 너희가 무대를 펼쳐야 한다는 거니까."

"……."

모두가 침묵했다. 6명이 펼친 무대는 강윤과 함께 보육원에서 공연한 게 처음이었다. 그때 이후 연습만 주구장천 했지 사람들 앞에 보인 적은 없었다.

"힐 신고 춤춰본 적은 없었지?"

"네. 아직은 없어요."

한주연이 대표로 답했다.

"이제부턴 힐 신고 연습한다. 알겠지?"

"네."

"그리고 조만간 너희 타이틀곡도 올 거야."

모두가 이제 '올 것이 왔군'이라는 얼굴로 서로를 바라봤다.

자신들만의 노래라니, 연습생에서 가수가 된다는 게 슬슬 실감이 나기 시작했다. 힐을 신어야 한다는 압박도 있었지만 타이틀곡이라는 말이 그녀들의 기분을 즐겁게 만들었다.

공지를 마친 강윤이 나가고, 소녀들은 난리가 났다.

"야야. 힐이래, 힐! 아, 나 한 번도 안 신어 봤는데……."

정민아는 힐과는 거리가 멀었다. 불편한 건 딱 질색인 그
녀였다. 반면, 서한유는 자신 있는 눈치였다.

"힐도 계속 신다 보면 적응돼요. 그리고 말하면 굽 넓은
거 주니까 괜찮아요."

"그래? 그래도 걱정이야. 난 발목이 얇아서 균형 잡기가
어렵거든."

서한유는 정민아를 다독였다.

그러나 무엇보다 가장 걱정인 사람은 이삼순이었다.

"난 힐 신으면 정말 안 되던데 어쩌지? 난 분명 높은 거 줄
텐데……."

이삼순의 얼굴이 걱정으로 물들었다. 그녀는 이전에 힐을
신고 연습을 했다가 도저히 안 돼서 다시 맨발을 벗고 연습
했던 경력도 있었다.

물론 이삼순만 걱정이 아니었다. 모든 소녀가 그녀와 비슷
한 걱정을 하고 있었다.

소녀들의 데뷔 때문에 바쁜 강윤이었지만 음악 수업 일은

확실히 챙겼다.

업무를 일찍 마친 강윤은 점심 식사를 마치고 바로 S대학 강의실로 향했다.

강의실에 일찍 도착한 강윤 앞에는 학생들이 서로 이야기 꽃을 피우고 있는 모습이 보였다. 커플들도 눈에 띄었고 남자들, 여자들도 삼삼오오 모여 즐겁게 대화를 나누고 있었다. 귀 기울여 보니 주로 이성에 대한 이야기들이 많았다. 남자는 어제 만난 여자 이야기, 여자는 그제 만난 오빠 이야기 등 소소하지만 즐거운 이야기들이었다.

'좋을 때구나.'

학생들을 보니 괜스레 웃음이 나왔다. 20대, 삶에 치이며 바쁘게 살아온 자신이 생각났다. 여유 하나 없이 일과 희윤만 생각하며 살아온 시간이었다. 저런 시간을 보냈으면 어땠을까 하는 생각이 잠시나마 들었다. 물론, 다 부질없는 이야기들이었다.

'난 못 갔어도 희윤이는 대학에 갔으면 좋겠어.'

강의실로 들어서는 학생들을 보며 강윤은 희윤을 생각했다. 그는 희윤만은 저들처럼, 평범하게 대학을 다니고 즐거운 생활을 할 수 있었으면 진심으로 바랐다. 아니, 그렇게 만들 생각이었다.

정각이 되자 최찬양 교수가 딱 맞춘 시계처럼 출석부를 들고 들어왔다. 그리고 그에 맞춰, 비어 있던 강윤의 옆자리도 채워졌다.

"헉, 헉. 오늘은 안 늦었다. 안녕하세요?"

"아, 안녕하세요."

저번에 그 지각생, 하지연이었다. 그녀는 교수의 출석체크에 힘차게 답을 하고서는 바로 교재를 폈다.

"화음의 종류는……."

수업이 시작되자 그녀는 누구보다 집중했다. 강윤도 그 영향을 받을 정도였다. 맨 뒷자리였지만 두 사람의 학구열은 대단해서 주변 사람들이 몰래몰래 쳐다볼 정도였다.

"잠시 쉬었다 하죠."

최찬양 교수가 잠시 밖으로 나가고 쉬는 시간이 되었다. 강윤이 잠시 기지개를 켜는데, 하지연이 그에게 음료수를 내밀었다.

"아, 감사합니다."

"아니에요. 이 정도야. 성함이 어떻게 되세요?"

"이강윤입니다. 그쪽은 어떻게 되십니까?"

"하지연이에요. 경영학과에요. 그쪽은……."

"청강생입니다."

"아……."

그 말에 그녀는 말을 망설이는 눈치였다. 그러나 이내 활기를 되찾고 이야기를 계속해갔다.

"저 교수님, 청강생은 무조건 내쫓기로 유명하대요. 대가 없는 수업은 의미가 없다나? 이 수업이 재미있어서 매년 청강생들이 들어왔었거든요. 3주째인데 청강생을 보니 신기하네요."

"그런가요."

"네. 그러니까 조심하세요. 오늘 보니까 공부 열심히 하시던데 아깝잖아요."

"괜찮습니다. 어차피 아는 분이라……."

"아, 그래요? 어쩐지. 쉽지 않아 보이더라니. 이런, 죄송해요. 제가 주책없었죠?"

하지연은 활발했다. 덕분에 강윤은 쉬는 시간이 심심하지 않았다. 하지연은 패션에 관심이 많았는지 옷 이야기와 학교 이야기들을 하며 강윤의 관심을 끌었고 강윤도 적당히 대답하며 쉬는 시간을 보냈다.

수업이 시작되고, 강윤은 다시 음악공부에 열을 올렸다. 처음 듣는 화성학의 세계는 새로웠다.

"1, 4, 5, 8도를 완전음정이라 하고 2, 3, 6, 7도를 장음정이라 합니다. 피아노 음계를 생각하면 이해가 빨라요. 예를 들어, 도에서 미까지는 3도, 도레미, 이렇게 3개는 장 3도가 됩니다. 반면 도레미파, 4개는 완전 4도가 되죠. 그리고……."

강윤은 흑판에 단음과 장음을 그려 보여주는 최찬양 교수의 설명을 모두 받아 적었다. 첫 시간에 기초이론이라 내용

자체가 어렵지는 않았다. 어찌 보면 수학과도 같았다. 옆을 보니 하지연은 헷갈리는지 공책에 필기하면서도 알쏭달쏭한 표정을 짓고 있었다.

최찬양 교수의 설명은 빠르지 않았다. 필요한 이야기를 하면서 간간이 예시도 들며 설명을 이어갔다. 학생들은 자칫 지루해질 수도 있는 화성학 시간에 적절한 예시가 함께 들어가니 모두가 집중할 수 있었다.

"오늘은 여기까지 하죠."

"수고하셨습니다."

수업이 끝나자 미리 짐을 싸둔 학생들이 썰물과 같이 빠져나갔다. 콩나물들과 격전을 치른 학생들은 모두 피곤을 안은 채 귀가했다.

"강윤 씨. 저녁에 시간 괜찮으십니까?"

강윤도 썰물에 빠져나가려는데, 최찬양 교수가 짐을 챙기는 그를 불렀다.

"네, 괜찮습니다만……."

"같이 식사 어떠십니까?"

강윤은 최찬양 교수와 함께 강의실을 나서 주차장으로 향했다. 그의 고급 세단을 타고 두 사람은 한강 근교의 한강 근교의 레스토랑으로 향했다.

익숙하게 메뉴를 주문한 최찬양 교수와는 다르게 강윤은 이런 것들에는 그리 익숙하지 않았다. 결국, 최찬양 교수와 같은 것을 주문한 강윤은 민망함에 헛기침을 늘어놓았다.

"이런 곳에 자주 오시지는 않으시나 봅니다."

"네. 양식보단 한식을 좋아하다 보니……."

"저런. 제가 생각을 못 했습니다. 죄송합니다."

"아닙니다. 딱히 가리는 건 없습니다."

강윤은 괜찮다고 공손히 말하곤 애피타이저로 나온 빵을 천천히 먹기 시작했다. 최찬양 교수를 따라 하니 레스토랑에서 지켜야 하는 예법도 어렵지는 않았다.

"오늘은 제가 살 테니 편안히 드십시오."

"이거……. 그럼 염치불구하고 잘 먹겠습니다."

이유가 있을 테지만, 강윤은 편안히 나이프를 들었다. 곧 오늘의 메인디시 스테이크가 나왔고 이어 와인도 함께 나왔다. 은은하면서 감미로운 와인과 함께 먹는 스테이크는 살살 녹는 것 같았다.

음식을 거의 다 먹었을 즈음, 최찬양 교수가 본론을 이야기하기 시작했다.

"기초 이론만 배우려니 지루하지 않으세요?"

"아닙니다. 오히려 차근차근 배워가는 맛이 있습니다."

"그렇다면 다행입니다. 혹시 더 빨리 배워보고 싶은 생각은 없으십니까?"

당연히 빠르게 습득할 수 있으면 시간을 낭비할 걱정도 없고 더 좋다. 강윤은 의아함에 물었다.

"좋은 방법이 있습니까?"

"제가 지도하는 작은 소모임이 있어요. 그곳에서 곡에 대해 이런저런 도움을 주고 있지요. 혹시라도 생각이 있으시면⋯⋯."

"소모임이라⋯⋯. 어떤 모임입니까?"

"노래를 만들어 활용하는 소모임이에요. 밴드죠. 5명 정도가 모이는 모임인데 저희끼리 친목을 다지며 곡에 관해 이야기하는 모임입니다."

곡을 위한 작은 모임이라면 강윤도 크게 부담이 가진 않을 것 같았다. 자주는 나가지 못할 것 같지만, 학생들과 토론을 하면서 그들의 자유로운 발상도 배우고 음악이론도 배울 수 있다면 이는 좋은 기회가 될 것 같았다.

"알겠습니다."

강윤이 승낙하자 최찬양 교수는 특유의 부드러운 미소로 화답했다.

"이거 어떡해⋯⋯."

한주연은 현관 앞에서 거울 앞에서 눈을 보며 연신 한숨을 내 쉬었다. 밤새 잠을 설친 탓에 짙은 다크서클이 눈 밑에 깔려 있었다. 밤새 양을 세는 건 기본이요, 잠들게 해준다는 온

갖 기법은 다 써봤지만 결국 2시간도 제대로 자지 못했다. 첫 방송이라는 긴장은 그만큼 컸다.

"언니, 눈 장난 아니에요……."

"엄청 심하지?"

"화장으로 가릴 수 있을까요? 티 많이 나는데……."

학교에 가기 위해 교복을 입고 나서려던 서한유의 표정이 한주연의 다크서클에 걱정으로 물들었다.

"원래 그렇게 심하진 않았는데 어제 잠도 설치고 그것도 터졌어……."

"엑? 설마…… 그거요?"

엎친 데 덮친 격이었다.

한 달에 한 번씩 찾아온다는 '그날'의 마수가 덮친 것이다.

"어떡해요. 하필이면 오늘 같은 날…… 배 아프진 않아요?"

"그러진 않네. 일단 '그거' 좀 빌려줄래? 다 떨어져서. 나중에 갚을게."

"네. 잠깐만요."

한주연은 서한유에게 여성용품을 빌린 후, 외출 준비를 서둘렀다. 회사에 들러 강윤과 만나 방송국에 가려면 시간이 빡빡했다.

방송국에서 하게 될 테지만 외출용으로 눈화장을 짙게 했다. 거리에서 사람들에게 시선 집중 당하고 싶진 않았다.

회사로 가니 강윤은 이미 모든 준비를 마치고 그녀를 기다리고 있었다.

"에?"

그런데 강윤은 한주연의 얼굴을 보자마자 표정이 미묘해졌다.

"어제 잠 못 잤어?"

"……네."

"다크서클이 엄청나네. 이 정도는 아니었잖아?"

"…….."

여드름, 다크서클, 기미 등 얼굴에 관련된 이야기는 여자들에겐 금기다.

그러나 강윤은 돌직구를 서슴없이 날렸다.

그에겐 연예인의 얼굴이란 일이었다.

처음 겪는 일에 한주연도 당황했지만 지금 중요한 건 그게 아니었다.

"떨려서 잠을 설쳤거든요. 저…… 괜찮을까요?"

"할 수 없지. 일단 타자."

한주연이 차에 오르고, 강윤은 한주연이 들고 온 소품들에 주목했다. 평소에 화장을 즐겨 하지 않아 작은 파우치조차 들고 다니지 않던 그녀였다. 그런데 오늘은 여성용 파우치를 한 손에 들고 있었다.

'흠……. 그날인가?'

매니저 7년은 공으로 한 게 아니었다. 그날이 되면 다크서클이 심하게 지는 여자들이 있었다. 한주연도 그런 부류였다. 게다가 미묘하게 불안해하는 모습 등 강윤은 대번에 확신했다.

강윤은 막바지 짐을 챙기고 있는 코디네이터 유세희를 조용히 불렀다.

"팀장님, 부르셨어요?"

"어떻게 화장을 해줘야 할지는 알고 있죠?"

"네, 팀장님."

"오늘 주연이 그날인 것 같으니까 특별히 신경 써 주세요. 날이 참 얄궂네요."

"알겠습니다. 팀장님, 그건 어떻게 아셨나요?"

"뭐……. 경험입니다. 잘 부탁드립니다."

"네, 팀장님."

강윤이 최종적으로 빠진 것이 없는지 체크를 마치고, 방송국으로 출발했다.

방송국에 도착해 강윤은 관계자들에게 인사를 하기 위해 떠나고 한주연과 코디네이터, 매니저는 대기실에서 화장을 시작했다.

"눈화장이 엄청나네요……."

"눈 감고."

"네."

한주연은 눈에 포인트를 주는 화장에 눈을 제대로 뜰 수 없었다. 얼마나 화장을 하는지 벌써 30분이 훌쩍 지났다.

방송용 화장은 시간이 오래 걸린다더니, 그 말이 딱 맞았다. 고대기로 머리를 만지고, 얼굴에는 뭐 그리 그릴 게 많은지 두 명이 달라붙어 바르고 붙이고 난리도 아니었다. 전체적으로 수수한 편인 한주연은 그렇게 천천히 세련된 도시여자로 변모해 갔다.

"이 정도면 티 안 나지?"

한참의 시간이 흘러, 코디네이터 유세희가 다크서클이라곤 보이지 않는 한주연의 얼굴을 보며 만족했는지 자신 있게 고개를 끄덕였다.

'이게…… 나?!'

한주연은 화장이 완성된 자신을 보며 매우 놀라 눈이 휘둥그레졌다. 매일 땀에 절어 있던 모습은 온데간데없었다. 세련되고, 누구나 한 번씩 다시 돌아볼 만한 여자가 거울 앞에 있었다. 아침부터 걱정했던 다크서클 따윈 이미 존재하지 않았다.

"아아, 힘들다. 주연아. 다크서클 장난 아니더라. 이렇게 짙은 경우도 드문데 말이지."

"그런가요. 죄송해요. 제가 그날이라……."

"다 알아, 알아. 뭐, 보람 있었으니 된 거니라. 팀장님 진짜 대단해."

"네? 팀장님이 왜요?"

여기서 팀장님이 왜 나오느냐며 그녀는 눈으로 물었다.

"대번에 너 그날인 거 아시던데. 남자들이 여자에 대해 뭘 알겠어. 감인가? 대번에 아시던데? 어지간히 너희 신경 쓰고 있었나 봐."

"그래요?"

"응. 그렇게 세심한 거 보면 주아나 디에스나 팀장님만 찾는 게 이해가 가. 소문 들었니? 아, 주연인 진경이랑 친해서 잘 알겠구나."

"네. 진경 언니가 팀장님이랑 일하면 마음이 든든하다고 했어요."

"내가 가수라도 그럴 것 같아. 뭘 해도 다 괜찮다니. 내가 가수라도 두근두근할 것 같아."

정세희 코디네이터는 30대라는 나이에도 소녀처럼 두 손을 모으며 동경의 눈빛을 쏘아 보냈다. 한주연도 강윤의 이런 케어에 놀랐다. 김진경의 말이 조금씩 이해가 가기 시작했다.

"준비는 다 됐어?"

그때, 인사를 마친 강윤이 대기실로 들어왔다. 그는 한주연의 화장한 얼굴을 살피며 다크서클의 여부를 특히 꼼꼼히 체크했다.

"조금만 더 이쪽에 파우더를 찍어주세요."

"네."

잠시 동경에 빠져 있던 정세희 코디네이터는 강윤의 말에 곧 현실로 돌아왔다.

"이 정도면 됐나요?"

"네. 괜찮군요."

이미 다크서클이 보이지 않는데도 더 꼼꼼함을 요구하는 강윤에 정세희 코디네이터는 바짝 긴장했다. 한주연도 마찬가지였다. 강윤의 이런 모습은 조금은 풀어질 듯했던 그녀를 다시 잡아주었다.

"드레스 리허설하러 가자."

"네."

한주연은 강윤의 뒤를 따라 오늘 녹화가 있는 무대로 향했다.

팔도모창가요제는 말 그대로 전국에서 유명 가수를 잘 따라 하는 사람에게 상금을 주는 명절특집프로그램으로 파일럿 방송이었다. 전국 팔도에서 예선을 거쳐 선발된 사람들이 본선에서 겨루는 방식으로 기획되었는데, 지금은 파일럿이라 제작진이 직접 UCC 등을 보내온 사람들 중에서 선발했다.

"팔도— 모창! 가요제!"

"오오오!"

사회자 지창석의 힘찬 목소리와 함께 500명 관중의 환호가 녹화의 시작을 알렸다. 카메라에 일제히 빨간 불이 들어오며 각종 장치에도 일제히 신호가 들어왔다. 무대 뒤편도 분주히 바빠지면서 스태프들이 바삐 움직이기 시작했다.

"아, 떨려……."

비교적 앞쪽에 있던 한주연은 두 손을 모으며 긴장을 조금이라도 풀려 노력하고 있었다. 그러나 쉽지 않았다. 사전에 말을 해서 1번은 면했지만 12명의 참가자 중 5번에 배정되었다. 1명, 2명 순서가 빠질수록 가슴이 더더욱 두근거렸다.

'아, 실수하면 어떡하지……? 내가 못하면 회사에 피해를 주는 거고, 데뷔도 못 하게 되는 거 아냐? 그러면 가수도 못 될 거고, 아…….'

한번 안 좋은 생각을 하니 계속 그쪽으로 생각이 굴러갔다. 한주연의 안색이 눈에 띄게 안 좋아졌다. 생각이란 원래 한 번 빠지면 그런 법, 그녀는 결국 무대 뒤편에서 밖으로 뛰쳐나갔다.

'어?'

강윤은 심상치 않다는 것을 느끼고 한주연을 따라나섰다.

"주연아."

"팀장님……."

한주연의 안색이 눈에 띄게 나빠진 것을 보며 강윤이 부드럽게 물었다.

"왜 그래? 무슨 걱정 있어?"

"그게…… 저, 잘못하면 어떡하죠?"

"어떤 걸?"

"그냥 다…… 저기서…….'

"못해도 돼."

"네?"

그런데 한주연의 생각과는 전혀 다른 말이 나왔다. 그런 반전에 그녀의 동공이 크게 확대되었다.

"네가 저기 올라간 순간, 이미 네 손에서 책임은 떠난 거야. 무슨 일이 벌어지든 책임은 내가 진다."

"팀장님…….'

"무슨 걱정을 하는지 알아. 잘못하면 어떡하지? 잘못 해서 나쁜 일이라도 생기면? 그러다가 가수라도 못 된다면?"

"…….'

강윤의 말이 정확했다. 한주연은 할 말이 없는지 고개를 푹 숙였다. 강윤은 그런 그녀의 어깨를 툭툭 두드려 주었다. 힘내라는 의미였다.

"끝까지 가자고 했잖아. 날 믿어. 무슨 일이 벌어지든, 넌 저기서 최선을 다하면 돼."

"…….'

"그래도 울진 않아서 다행이다. 어떤 애들은 우느라 화장까지 망가져서 순서도 미룬 적도 있었거든. 자자. 곧 순서니까 마음 추스르고 들어와. 알았지?"

"네."

강윤은 더 말을 하지 않고 무대로 돌아갔다. 그런 그의 뒷모습을 보며 한주연은 조용히 중얼거렸다.

"이제 알겠네. 언니들이 왜 팀장님하고 일하려고 하는지……."

무슨 일을 해도 강윤이 뒤에 있다는 믿음.

그 믿음의 힘을 맛본 한주연은 마음이 든든해졌다.

마음을 추스른 그녀는 이내 무대로 돌아갔다.

♪ ♪♩♩ ♪♫ ♪

'헉……!'

순서가 되어 한주연은 무대에 올랐다. 붉은빛이 도는 카메라, 수많은 관객, 조명들까지. 자신을 지켜보는 눈들을 마주하니 진정되었던 가슴이 다시 떨려왔다.

'할 수 있어, 할 수 있어!'

한주연은 각오를 단단히 다졌다. 그러나 신호가 없어 음악이 나오지 않았다. 자신 때문에 멈춰 버린 찰나의 시간에 웅성거리는 관객, 카메라, PD까지 모든 것들이 무섭게 다가왔다. 이제 열여덟, 어린 소녀에겐 쉽지 않은 일이었다.

그때, 그녀 앞에 보이는 이가 있었다. 무대 뒤에 있어야 할 강윤이었다.

'팀장님?'

그는 커다란 전지를 들고 있었다.

'실수해도 괜찮아? 풋…….'

그런데 이 상황에서 그는 너무 자상했다. 이 수많은 차가운 시선 중에 가장 매서워야 할 그 사람은 오히려 가장 따뜻했다. 그 마음에 한주연의 떨리는 마음이 진정되었다.

"아아. 죄송합니다. 다시 갈게요. 음악 주시겠어요?"

찰나의 시간, 그 말 한마디에 관객들이 이해했는지 차분해졌다. 스태프들이 그녀의 신호를 알아듣고 음악을 재생시켰다. 드디어 시작이었다.

-그댄~ 좋은 사람- 하지만- 그댄 모르죠~

가수 강민주와 완전히 똑같은 목소리가 무대를 잠식하기 시작했다. 관객들은 이전의 사람들과는 차원을 달리하는 한주연의 목소리에 모두 눈을 비벼댔다.

-그댄 알까요— 내 맘속 한 사람~

사회자조차, 아니, 그곳에 있는 PD나 다른 스태프들 모두가 강민주가 온 건지 다른 누가 온 것인지 헷갈릴 지경이었다. 원래 목소리란 티가 나게 마련이었다. 그런데 무대 위의 저 앳된 소녀는 완벽하게 강민주의 노래를 '똑같이' 복사하고 있었다.

강윤은 음표와 빛을 보며 그제야 안심했다. 관객들의 반응은 말할 것도 없었다. 저기 있는 사람 누구냐며 강민주 복사본이냐며 난리도 아니었다.

'휴……'

한주연이 많이 떨어서 걱정도 되었지만, 그래도 메인 무대가 잘 진행되어 강윤은 안도의 한숨을 쉬었다. 물론, 이게 잘되지 않는다 해도 2차, 3차 계획이 있었지만, 시간과 예산이 많이 들어가니 잘된 일이었다.

사람들의 환호와 함께 무대가 끝이 났다. 사회자 지창석은 무대에서 내려가려는 한주연을 붙잡고 인터뷰를 했지만, 낯을 가리는 그녀는 많은 말을 하지 못했다.

'예능은 확실히 아니네.'

사람마다 스타일이 있었다. 저 자리에 이삼순이나 다른 사람이 있었다면 이야기가 달랐을 것이다. 강윤은 조금 아쉬웠다.

무대가 끝나고, 강윤은 대기실에서 그녀를 기다렸다.

"수고하셨습…… 아!"

한주연은 대기실에 오자마자 다리가 풀려 버렸는지 풀썩 주저앉아 버렸다. 매니저가 얼른 그녀를 일으켜 소파에 앉혔다.

"수고했어. 좋은 무대였어."

"팀장님, 감사합니다."

"내가 한 게 뭐가 있겠어. 네가 열심히 한 덕이지."

강윤은 별다른 말은 하지 않았다. 그러나 한주연은 확실히 알 수 있었다. 강윤이 뒤에서 든든히 받쳐주었기에 흔들리지 않고 오늘 무대를 소화할 수 있었다. 그가 자신의 책임자라는 게 이렇게 든든할 수가 없었다.

　녹화가 계속 진행되어 시상식이 시작되었다.
　녹화 결과는 말할 것도 없었다. 한주연처럼 호흡마저 일치한 모창을 소화한 이는 없었다. 1위는 한주연의 몫이었다. 그녀는 상금 200만 원을 받고 기쁨을 감추지 못했다.
　"감사합니다."
　"강민주 씨의 노래를 거의 완벽하게 부르시던데, 비결이 있나요?"
　사회자 지창석의 물음에 한주연은 웃으며 답했다.
　"멋진 외조?"
　"에에?"
　그녀의 말에 참석자 모두가 웃음이 빵 터졌다.
　한주연은 상금과 트로피를 받아 들고 즐겁게 숙소로 돌아갔다. 물론 그 돈은 부모님께, 그리고 숙소의 아름다운 소녀들과 고기파티로 사용됐다.

5화

소모임 밴드에서 친 사고

녹화가 끝난 일요일.

강윤은 최찬양 교수와 약속한 대로 한려 예술대학을 찾아 갔다.

"여기인가……."

최고의 예술대학이라 불리는 만큼 규모도 상당했다. 일요 일에도 많은 학생이 연습과 활동을 위해 학교로 향하는 모습 을 보니 강윤은 대단하다는 생각이 들었다. 그는 바로 연습 실이 있다는 학생회관으로 향했다.

"어서 오세요."

강윤은 학생회관 앞에서 최찬양 교수를 만날 수 있었다. 두 사람은 바로 지하에 있는 연습실로 향했다.

연습실로 들어가니 5명의 남자와 여자가 각자의 마이크와 악기를 잡고 연습 삼매경에 빠져 있었다.

'검은색······.'

강윤의 눈에 가장 먼저 들어온 것이 있었다. 모두가 만들어내는 파란 음표들은 진득한 검은색의 빛을 만들어내고 있었다. 연주하는 곡은 결코 이상한 음악은 아니었다. 발라드의 일종이었는데, 처음부터 강윤의 얼굴은 있는 대로 찌푸려졌다.

'으윽······.'

검은빛의 영향을 받으니 강윤은 기운이 빠지는 것 같았다. 마치 늪에 빠진 것처럼 수렁으로 빠지는 기분이었다. 저 밴드의 연주가 마치 생기를 갉아먹는 무엇처럼, 강윤에겐 그렇게 다가왔다.

'도저히 안 되겠다. 못 듣겠어.'

강윤이 견디지 못해 뒤돌아 나가 버리자 최찬양 교수가 놀라 뒤따라왔다.

"왜 그러세요? 어디 안 좋으세요?"

"아닙니다. 갑자기 현기증이 나서······."

검은빛 때문이라는 말은 절대 할 수 없었다. 무방비상태에서 접한 검은 노래는 강윤의 컨디션을 확 떨어뜨렸다. 최찬양 교수가 놀라 그에게 물을 가져다주고 쉬게 하니 강윤은 간신히 회복되었다.

'뭐야 이게······.'

복도에 마련된 의자에서 쉬면서 강윤 자신도 놀랐다. 검은 빛의 효과가 이 정도인 줄은 몰랐다. 아직도 여파가 남아 있는지 몸이 아직도 반응하고 있었다. 뭔가가 생기를 확 끌어가는 기분, 다시 느끼고 싶지 않은 끔찍한 느낌이었다.

간신히 자신을 수습한 강윤은 최찬양 교수와 함께 다시 안으로 들어갔다. 들어가니 연주는 끝나고 모두가 모여 악보에 대해 토론하고 있었다.

"잠깐 여기를 봐줄래요?"

그들에게 최찬양 교수가 이야기하자 모두가 돌아보았다. 그는 강윤을 모두에게 소개해 주었다. 물론, 사전에 강윤이 이야기한 대로 MG엔터테인먼트에 대한 이야기는 뺐다. 다만 관계사에서 일한다고 가볍게 이야기했을 뿐이었다.

강윤과 최찬양 교수는 이내 학생들이 토론하는 모습을 지켜보기 시작했다.

"그러니까, 여긴 마이너한 느낌이 들어가야 한다고."

"아니라니까. 여기선 좀 더 살아야지. 마이너 하면……."

강윤은 왜 검은빛이 났는지 단번에 알아챌 수 있었다.

'사공이 많아서 배가 산으로 갔네.'

이런저런 코드도 넣어보고 음도 막 넣어보니 검은색 회색 다 나왔을 것이다. 강윤은 그런 실험과정에 지나가다 돌을 맞은 격이었다.

'그래도 재미있네?'

강윤은 서로가 음악을 만드는 과정을 흥미 있게 지켜보았다. 아직은 디미니쉬니 어그먼트니 하는 말들이 오가니 알아들을 수 없는 말들이 많았다. 그러나 노래를 만들어가는 과정을 직접 보니 무척 재미있었다. 프로들이 만드는 작곡과는 또 다른 매력이 있었다.

그러나 그것도 잠시였다.

'으윽. 저놈의 검은색……'

1시간 동안 토론해서 만든 음악이 검은색이 나와 버리니 강윤은 온몸이 저릿저릿했다. 좋은 느낌은 당연히 아니었다. 최찬양 교수도 만족스럽지 않은지 고개를 흔들고 있었다.

두세 번 연주해 보며 이건 아니라 이야기하곤 다시 토론이 시작되었다. 이번에는 최찬양 교수도 한두 마디 거들었다.

"여기선 샵을 빼는 게 낫지 않을까요?"

"아, 그래요?"

최찬양 교수의 말에 그가 오선지 음표에 기록된 샵을 지우고, 다른 음계들을 그려나갔다. 다른 사람들도 그 모습에 한두 마디씩 거들었다. 김희진은 통기타로 직접 멜로디를 연주했다. 그 음이 만족스러울 때 모두가 확정을 지었다.

그러나 노래와 함께하면 이상하게 모두가 고개를 갸우뚱했다.

"이건 아닌데? 오늘 영 아니다?"

문미영이 드럼에서 내려오며 투덜거렸다. 그러자 베이스

를 치던 김희진도 한마디 거들었다.

"그러니까. 아, 오늘 이상해."

한편, 강윤은 죽을 맛이었다.

'윽……. 기운 빠진다.'

아무도 모르는 사이, 음악에서 나오는 검은빛은 강윤의 기운을 쭉쭉 빨아먹고 있었다.

합주 겸 작곡이 끝나고, 모두가 근처 술집으로 향했다. 일요일, 학교 근처의 술집은 사람이 많지 않았다. 덕분에 조용한 분위기에서 강윤 일행은 술자리를 즐길 수 있었다.

"강윤 씨, 오늘 보시니 어떠셨나요?"

술자리가 무르익을 때, 최찬양 교수는 살짝 붉어진 얼굴로 강윤에게 물어왔다.

"좋았습니다. 좋을 때다, 이런 생각이 드는군요."

"하하하하."

강윤의 말에 모두가 웃음을 터뜨렸다.

"오빠. 오늘 저희 노래 괜찮았나요?"

강윤이 답을 피하는 걸 알았는지 문미영이 직접 물어왔다. 강윤은 난감해졌다.

"흠……. 좋더라."

"그래요? 흠. 표정 보니 아닌 것 같은데요오?"

"에이, 미영아. 너 왜 그래? 오빠 곤란하게?"

문미영은 짓궂은 면이 있었다. 김희진이 그녀를 타박하자 곧 친구들끼리 티격태격했다. 이런 모습을 보며 강윤은 피식 웃었다. 한창때의 젊은이들은 참 보기 좋았다.

술자리에서 최찬양 교수는 말이 많지 않았다. 학생들이 노래에 대해 자유롭게 토론을 하게 놔두고 필요할 때 간간이 한두 마디씩 화두를 던지는 게 전부였다. 이 자유분방한 학생들이 흩어지지 않고 뭉쳐 있는 원동력이기도 했다.

'음?'

강윤은 한창 이야기에 참여하다 악보가 나오자 술잔을 들고 슬쩍 거리가 멀어지는 사람을 발견했다. 마이크를 잡던 이현아였다. 모두가 여기엔 이러쿵저러쿵하고 있었지만, 그녀만은 거리가 멀었다.

'밴드에 관심이 없나?'

연습실에서도 곡에 대한 이야기는 거의 하지 않았었다. 그래도 노래는 정말 열심히 했다. 목소리도 좋았는데, 검은빛이 나와 의아해하고 있었다.

한참의 시간이 지나 술자리가 파했다. 모두가 얼굴이 과하게 붉어지고 남자는 남자끼리, 여자는 여자끼리 어깨동무를 하며 반대 방향으로 흩어졌다. 테이블의 술병들이 과하게 많은 것이 모두가 과음했다.

물론, 강윤과 최찬양 교수는 적당히 마셨다.

"애들이 참……. 이건 보기 민망하네요."

"아닙니다. 오늘 즐거웠습니다."

강윤은 최찬양 교수와 헤어지고, 지하철을 타기 위해 역으로 향했다.

그런데 그의 옆에 일행이 따라붙었다.

"저기, 오빠."

"응? 이름이……."

"이현아요."

이현아는 오늘 본 사람 이름도 기억 못 하냐며 타박했다. 강윤은 허허 하며 넘길 따름이었다. 두 사람은 가는 방향이 같아 동행하게 되었다.

"나 오빠 누군지 알아요."

"날 안다고? 우리가 어디서 봤었나?"

"디에스."

"응?"

이현아는 트위서를 보여주었다. 거기에는 디에스의 거리 공연과 함께 믹서를 만지고 있는 강윤의 모습도 함께 담겨 있었다.

"아……. 여기 이런 게 있었네."

"제가 디에스 팬이거든요. 매니저 이름도 다 아는데……. 딱 한 사람은 잘 몰라요. 그게 오빠였는데, 이강윤이라는 사람이었네요."

그녀는 이제 알겠다는 듯 강윤을 지목했다. 회사 내에서도

정보를 통제하는 존재가 이강윤이었다. 매니저 이름도 알아
내는 팬들이라도 쉽게 알기 힘들었다.

"인터넷이 무섭네. 그래서, 올리려고?"

"오빠만 올려서 뭐하겠어요. 디에스 매니저 아니셨어요?"

그녀는 오해하고 있었다. 그녀의 말인즉슨 디에스는 어쨌
냐는 말이었다.

"담당이 바뀌었거든."

"아아. 디에스 요즘 장난 아닌데. 거기 있으면 힘들겠어
요. 요즘 디에스 언니들 잠도 못 잔다면서요."

"그럴걸?"

"완전, 남의 나라 이야기하듯이……. 매니저들은 다 이
래요?"

"하하하. 진짜 팬이 여기 있네?"

이현아와의 대화는 즐거웠다. 그녀는 활기찼고, 가끔 발끈
하는 모습이 귀여웠다. 덕분에 강윤의 귀갓길은 심심하지 않
았다.

그런데 그녀가 강윤을 따라붙은 이유가 있었다.

"오빠, 아까 저희 노래 어땠어요?"

"좋았지. 왜?"

"에이, 거짓말. 저 다 알아요."

뭘 안다는 걸까? 강윤은 의아했다.

"오빠 표정이 아니라고 말했어요. 저희가 노래할 때 계속

인상 쓰고 있던 거 다 봤어요."

"……."

"많이…… 별로였어요?"

가끔 눈이 마주치더라니, 결국 이현아는 강윤을 계속 봤었다. 강윤은 결국 깊은 한숨을 쉬며 속 이야기를 했다.

"사공이 너무 많아. 그래서 그런지 노래에 너무 많은 걸넣으려는 것 같아."

"오빠가 봐도 그래요?"

"내가 뭘 알겠어. 그런데 좀…… 그렇더라."

강윤은 깊이 들어가진 않았다. 그들의 자존심까진 건드리고 싶지 않았으니 말이다. 그러나 강윤의 말을 알아들은 그녀는 이내 고개를 끄덕였다.

"오빠 말이 맞아요. 모두가 작곡과이다 보니까……. 에효. 요즘에는 차라리 처음 곡이 나을 것 같다는 느낌도 든다니까요."

"그래도 재미있게 하는 것 같은데? 나중에 명곡이 나오겠지."

"전 재미없어요."

그런데 이현아가 고개를 흔들었다.

"느낌은 하나도 없고, 매일 난잡하게 이야기만 이어지고……. 만들어가는 재미가 느껴지질 않아요. 이대로 가면 그만둘지도 모르겠어요."

"흠……."

"저 이거 계속해도 될까요?"

강윤이야말로 난감했다. 이걸 어떻게 답해야 하는지 말이다. 오늘 처음 나온 사람이 이런 걸 어떻게 말하겠는가. 강윤은 그냥 솔직히 이야기했다.

"오늘 처음 나온 사람한테 물어봐야 뭘 알겠어."

"그래도……. 오늘 뭔가 느끼신 게 있을 것 같아서요."

강윤이 느끼기에 이현아는 아무나 잡고 속을 털어놓고 싶어 하는 어린아이 같았다. 답을 찾고 있는 아이 같은 느낌이랄까, 그래도 이런 답은 신중해야 한다고 느낀 강윤은 섣부른 답은 피했다.

"느낌이라. 지금 노래를 만드는 과정이라며. 그 과정이 순조롭기만 할 수는 없겠지."

"매일 이러니까 문제죠. 매일매일 이러니까……. 하아. 아니에요. 죄송합니다. 제가 괜한 소리를 자꾸 하네요."

딱 그 나이에 맞는 여자라는 걸 느낀 강윤은 바로 다른 화제로 이야기를 넘겼다. 최근 연예인 이야기를 하니 이야기는 자연스럽게 흘러갔다.

'뭔가 답을 주었으면 좋겠는데…….'

이야기를 이어가면서 뚜렷한 답을 주지 않은 강윤에게 서운함을 느낀 이현아는 서운한 기색을 숨기지 못했다.

최근 MG엔터테인먼트에서 가장 바쁜 부서라면 누가 뭐라 할 것도 없이 홍보팀이었다.

민진서가 확 뜨기 시작하면서 공격적인 마케팅을 위해 홍보팀이 본격적으로 바빠졌고 이어 디에스가 SNS를 마케팅으로 활용하게 되면서 그 바쁜 데에 숟가락을 얹었다. 거기에 이어…….

"아아……. 이번에는 한주연이냐!"

섭외팀 구도민 대리는 또다시 쌓인 결재 서류들을 보며 하늘로 휙 던지고 싶은 충동에 휩싸였다. 이놈의 일들은 해도 해도 끝이 안 났다. 주5일 근무가 도입되고 토요일과 일요일은 쉬는 날이라는 인식이 확산되고 있었지만, 이 망할 섭외팀과는 먼 나라 이야기였다.

"구 대리, 한주연 영상 포털들엔 다 올라갔어?"

"네. 기사도 다 나갈 겁니다!"

지만훈 과장의 말에도 신경질적으로 대응한 구도민 대리는 자리에서 일어나 신입사원 이희선에게로 다가갔다. 고양이상의 미인이었지만 크게 눈에 들어오지 않았다.

"야, 이거 뭐야! 사진이 이상하잖아!"

"네? 잠시만…… 에에?"

이희선 사원은 첨부한 한주연의 사진이 에일리 정의 사진으로 바뀐 것을 보고 눈이 휘둥그레졌다.

"어휴……. 너 미쳤냐? 이거 팀장님한테 올라갔으면 줄줄이 다 깨진다고."

"죄송합니다!"

평소라면 너그럽게 넘겼을 일들도 지금은 날이 단단히 서서 쉽게 넘어가질 못했다. 그만큼 홍보팀의 분위기는 칼날 같았다.

이렇게 홍보팀이 집에도 못 가고 일에 집중하고 있을 때, 강윤이 왔다.

"팀장님!"

강윤을 본 지만훈 과장이 반쯤 풀어헤친 와이셔츠의 단추를 서둘러 꿰려 했지만, 강윤이 제지했다.

"괜찮습니다. 고생들 많으십니다."

강윤은 사온 야식을 내밀었다. 다른 팀들은 모두 퇴근하고 남은 그들을 위한 특제 초밥이었다.

"감사합니다, 팀장님!"

한창 배가 고팠던 이희선 사원이 눈이 돌아선 손을 먼저 내밀었다가 구도민 대리한테 눈총을 단단히 받았다. 그러나 강윤은 이내 풋 하고 웃어버렸다.

"맛있게 드세요. 모두가 열심히 해주신 덕에 한주연 홍보가 잘되고 있습니다. 걸그룹이 데뷔해야 보상이 나오겠지만, 홍보팀만큼은 제가 특별히 더 신경 써 달라고 부탁하겠습니다."

"팀장님 만세!"

당연히 홍보팀에선 만세를 불렀다. 저번 디에스 때도 엄청난 업무량에 비례해 호화 해외여행을 다녀온 그들이었다. 일은 빡빡했지만, 보상이 확실하니 일할 맛이 났다.

"그럼 맛있게 드십시오."

할 말을 마친 강윤은 바로 사무실로 향했다. 그런 그의 뒷모습을 보는 이희선 사원의 눈에는 이미 하트가 가득해 있었다.

"팀장님 완전 멋있어요. 애인은 있으시려나……."

그러자 구도민 대리가 어이없다는 듯, 초를 쳤다.

"야야. 꿈 깨라, 꿈 깨. 주아나 민진서 같은 애들하고 일해도 눈길 한 번 안 주는 사람이야."

"에이, 대리님. 연예인은 원래 인형 같은 존재잖아요. 우리하고 거리도 멀고……."

이희선 대리의 말이 맞았다. 한 회사의 직원이었지만 그들 사이에 있는 간격은 확실히 존재했다.

"풋. 넌 팀장님도 우리랑 같다고 생각하냐?"

"그건……."

"이러니 맨날 이상한 사진이나 집어넣지. 너 저번엔 주아 사진 대신 진서 사진 넣었지?"

"그게 여기서 왜 나와요?"

잔소리를 늘어놓는 상사와 두꺼운 신경으로 잘 넘기는 후임의 만담을 들으며 주변 직원들은 훈훈하게 야식을 즐겼다.

"후아암……."

수학 시간.

정민아는 연습 때의 피로를 보충하기에 바빴다. 이 시간은 그녀에겐 가장 재미없는 시간이었다. 특히 수학에서의 함수 이야기나 공식, 엑스가 어쩌고 등이 나오면 누가 말하기가 무섭게 눈꺼풀이 절로 감겨왔다.

지금 시간이 딱 그랬다.

"그래서 엑스의 값이 한 번…… 아, 또……."

옆 친구가 정민아를 깨우려고 했지만, 수학 선생님은 고개를 저었다. 이미 포기한 학생이었다. 수업 시간엔 병든 닭처럼 잠만 자는 정민아는 그의 원수나 다름없었다. 그도 사실 정민아의 얼굴도 기억이 잘 안 났다.

"쟤는 또 자네."

크리스티 안은 그런 정민아를 한심하게 바라보았다. 영어 시간과는 달리 그녀의 눈은 반짝였고 펜에는 힘이 있었다. 그런 크리스티 안을 보며 수학 선생님은 힘을 받는지 그녀에게 시선을 집중하며 수업을 하고 있었다.

"쿠어어……."

"……."

하지만 이젠 편안하게 코까지 고는 정민아는 수학 선생님 이성의 끈을 끊어버리고 말았다.

"야! 정민아!"

"……."

결국, 크리스티 안이 정민아를 흔들어 깨웠다.

"아, 왜……?"

크리스티 안은 졸린 눈을 주체하지 못하는 그녀에게 교단을 가리켰다. 그러자 정민아는 머쓱해져 머리를 긁적거렸다.

"나가!"

결국, 정민아는 복도에서 벌을 받는 신세가 되었다.

"아으……."

복도에서도 정민아는 늘어지게 하품을 했다. 도무지 이놈의 잠은 주체가 되질 않았다. 요새 연습이 너무 힘드니 잠을 자도 자도 부족해졌다. 덕분에 집에서 몸보신하라며 한약까지 지어 보냈지만 체력이라는 게 단기간에 붙는 건 아니었다.

"아아……. 우리 아저씨가 너무 힘들게 해……."

"내가 뭘?"

"그냥 그렇다고요. 연습이 너무…… 으헉?!"

무심결에 답을 했건만, 정민아의 눈앞에 진짜가 나타났다. 강윤이었다.

"아, 아저씨! 여…… 여기엔……."

"너야말로 뭐하냐? 복도에서?"

"네? 그…… 그게……."

"졸다 쫓겨났네. 잘났다."

"……."

강윤의 말이 사실인지라 정민아는 할 말이 없었다. 그것보다 부끄러움에 얼굴이 새빨개졌다. 아무도 없는 복도에서 벌을 받는 모습은 말할 수 없는 쪽팔림을 낳았다.

"공부에 충실하란 말은 안 하지만, 벌은 받지 말아야지. 어휴."

"으……."

강윤은 정민아를 보며 어이가 없었다. 앞으로 학교에 빠질 일이 많아질 것 같아 학교에 양해를 구하고자 직접 찾아왔다. 그런데 이런 모습이라니…….

정민아는 정민아대로 고개도 들지 못했다. 강윤 앞에선 항상 좋은 모습만 보이려 노력하고 있는데, 오늘 이 한방은 매우 컸다.

"애들이 이래놔서……. 죄송합니다."

"아닙니다. 애들이야 한창 그럴 때죠."

강윤 뒤의 교감 선생님이 허허 하며 사람 좋은 얼굴을 하는 가운데 정민아는 쪽팔려 죽을 맛이었다. 강윤도 아무렇지 않게 넘어가는 편안함을 가장했지만 속으로는 민망했다.

'너, 이따 보자.'

'…….'

정민아에게 작게 속삭이곤 강윤은 교감 선생님과 함께 어디론가 사라졌다.

복도에 난 창문으로 이 모습을 지켜보고 있던 크리스티 안은 웃음을 참느라 배를 잡고 책상 위에 엎드려 꿈틀거렸다.

힘든 한 주를 보내고 쉬는 날.

강윤은 작곡과 밴드의 연습을 보기 위해 한려예술대학으로 향했다. 학생회관 건물의 지하로 향하니 연습실 입구에 '리커버리 연습실'이라는 문이 있었다.

"안녕하세요?"

"안녕. 교수님도 안녕하십니까."

문을 열고 들어가니 학생들을 지도하고 있던 최찬양 교수와 학생들 모두가 강윤을 반갑게 맞아주었다. 강윤이 최찬양 교수 옆자리에 앉자 다시 모두가 연습에 들어갔다.

"하루 또 하루— 반복되는 시간~ 내가 찾고 있는 건~"

이현아의 노래와 함께 화려한 일렉기타 소리가 연습실 안을 가득 울렸다. 드럼과 베이스의 박자가 딱딱 맞아떨어지고 그 위를 신디사이저의 소리가 꾸며주니 묵직하면서 신나는 멜로디가 만들어졌다.

그러나 강윤은 기운이 빠져나가고 있었다.

'오늘도 변함없구나…….'

강윤은 검은빛에 그대로 노출되고 있었다. 노래, 드럼, 베이스, 신디, 기타들이 만들어내는 음표는 분명 좋았다. 그런데 하나로 합쳐지기만 하면 이상하게 검은빛이 흘러나왔다.

강윤은 억지로 참으며 어디가 문제일지 생각했다. 최찬양 교수와 악보를 함께 보며 어떤 부분이 어떻게 잘못되었을까 분석도 해보고 저 원인이 무엇일까 나름대로 분석도 해보았다.

한 곡의 연주가 끝나고, 밴드들은 마음에 들지 않는지 얼굴에 불만이 가득했다. 먼저 말을 꺼낸 이는 리더 민찬민이었다.

"3번째 마디 들어갈 때 코드가 이상하지 않아?"

그의 말을 문미영이 받았다.

"오빠 생각도 그래요? 나도 그렇게 생각했는데."

"바꿔볼까?"

다시 모두가 모여 악보를 수정하기 시작했다. 한 부분을 수정하니 다른 부분을 거기에 맞춰 고치고, 수정하는 작업의 연속이었다. 강윤은 그들의 작업을 흥미롭게 지켜보았다. 아직 알아듣지 못하는 말들이 많았지만 최찬양 교수가 도와주니 조금씩 알아들을 수 있었다.

그러나 이현아는 활발히 회의에 참여하는 이들과는 달리 침묵하고 있었다.

'하기 싫다더니, 조용하구나.'

저번에 집에 귀가하며 했던 말 때문인지 강윤은 그녀가 신경이 쓰였다. 분명히 뭔가 할 말이 있는 것 같았는데 그녀는 턱밑까지 올라온 말을 누르고 있는 것 같았다. 그러나 그걸 아는지 모르는지 모두는 이현아를 무시하곤 자신들의 말들로 오선지를 그려가고 있었다.

이윽고, 작업이 끝난 곡을 밴드들이 연주하기 시작했다.

"내 꿈을 찾아— 이젠 떠나볼까 해– 끝이 보이지 않는 길 ~ 젊음에 나를 맡기고~"

이현아의 목소리는 저음의 깊이 있는 목소리였다. 귀여운 인상과는 달리 소리는 큰 차이가 있었다. 강윤은 그런 그녀의 목소리가 듣기 좋았다. 물론…….

'으…….'

검은빛은 적응이 쉽지 않았지만. 노래에 확실히 문제가 있는 건지 그들의 연주는 계속 검은빛을 연발하고 있었다. 그래도 지난번과는 달리 강윤은 자리를 비우거나 하지는 않았다.

"교수님."

"네?"

"오늘 악보 말인데, 저 하나만 주실 수 있으신가요?"

강윤의 요청에 최찬양 교수는 알겠다며 승낙했다. 강윤은 이 곡을 활용하는 일은 절대 없을 거라며 안심시키는 것을 잊지 않았다.

그렇게 종일 이어진 밴드의 연습이 끝나고 다시 술집.

힘든 연습이 끝난 이후인지 모두가 왁자지껄했다. 술 한잔이 들어가니 모두가 활발히 자신들의 의견을 활발히 나누기 시작했다. 전에는 곡에 대한 이야기였다면 지금은 개인에 대한 이야기였다.

그러나 이때도 이현아는 말을 많이 하지 않았다. 강윤과 활달히 말하던 때와는 사뭇 다른 모습이었다. 언니들, 김희진과 문미영이 그녀를 대화로 끌어들였지만 역시나 잠깐 대화하고는 다시 쑥 빠져나가 홀로 조용히 있었다. 그녀는 최찬양 교수와 간간이 이야기하는 것을 제외하고는 밴드라는 것에는 그리 관심이 없어 보였다.

모임이 파하고, 귀가 시간.

강윤은 다음 날 출근을 위해 서둘러 역으로 향했다.

"같이 가요."

가는 방향이 같은 이현아가 같이 따라붙었다. 강윤은 사양할 것 없어 동행했다.

지하철을 타는데 마침 자리가 남아 두 사람은 나란히 앉을 수 있었다.

"연습에 집중을 못 하는 것 같던데."

"재미가 없어요."

"재미도 없는데 이 모임은 왜 나오는 거야?"

"교수님 때문이죠. 교수님한테 배울 게 많거든요."

강윤은 바로 수긍했다. 말없이 지켜만 보다가도 필요한 게 있으면 바로 채워주는 사람이 최찬양 교수였다. 밴드들도 하다가 잘 모르는 부분은 바로바로 도움을 받곤 했다.

"아아. 그런데 재미가 없어서 고민이에요. 언니들이나 오빠들 노래도 별로고……."

"그래?"

"오빠도 공감하시나 봐요?"

강윤은 순간 찔끔했다. 그러나 이현아는 눈치가 빠른지 킥킥거렸다.

"별로라기보다…… 아직 완성되지 않았으니까."

"에이에이. 괜찮아요. 내가 불렀어도 진짜 별로인데요, 뭘. 솔직해도 괜찮아요. 이거 사람들한테 들려주면 돌 맞을 걸요?"

이현아는 자신의 밴드지만 점수를 무척 박하게 주었다. 강윤은 그 이유가 궁금해 그녀를 바라봤다.

"맨날 토론만 하고, 바꾼다고 해도 같은 방식만 계속 반복하는데 뭐가 되겠어요. 지금 노래는 이거저거 이어붙인 꼴밖에 안 돼요. 다들 매너리즘에 빠져선 익숙한 방식만 반복하고 있어요."

"무슨 뜻이야?"

"오늘 제가 불렀던 노래 있잖아요. 거기서……."

그녀는 한 소절을 반복해서 부르며 예를 들었다. 음표가 바뀌며 좀 더 긴 느낌을 주고 음이 높아진다는 둥, 이런 느낌이라는 둥 이야기를 하며 강윤에게 설명을 해주었다. 그러나 이렇게 소소하게 바꿔봐야 결국 큰 틀이 바뀌지 않아 도움이 안 된다는 생각을 덧붙였다.

"결국, 네 생각은 곡의 분위기 자체가 바뀌어야 한다는 거구나?"

"맞아요. 지금은 집 짓는다면서 부실공사한 건물에 리모델링한 꼴밖에 안 돼요."

계속 검은빛에만 시달린 강윤은 그녀의 말에 수긍했다. 그러나 자꾸 불만만 이야기하는 모습이 마음에 들지 않기도 했다.

"그럼 이렇게 한번 해볼래?"

"어떻게요?"

"오늘 연주한 악보 있지?"

"네."

"그걸 네가 편곡을 해서 모두한테 보여주는 거야."

강윤의 말에 이현아는 고개를 강하게 저었다.

"에이, 저도 그러고 싶죠. 그런데 전 이제 1학년이에요. 언니들이나 오빠들한테 그러면 하극상이라고 혼나요."

"그런 게 어디 있어."

"여기가 좀 그래요. 위계질서도 강하고……."

강윤은 어이가 없었다. 대학 문화는 잘 몰랐지만 이건 좀 아니라는 생각이 들었다. 선후배가 확실한 대한민국이라지만 요즘도 그럴 줄은 몰랐다.

"그럼 이렇게 하면 어떨까?"

"어떻게요?"

"그래도 일단 해보는 게 낫지 않겠어? 아무것도 안 하는 것보다 낫겠지. 너도 작곡과잖아. 선배들이 하는 게 좋지 않다고 말만 하는 것보다 시도해 보는 게 우선 아닐까?"

"……."

"뭐, 안 되면 할 수 없고."

강윤이 지나가는 말로 휙 넘어가려는데, 그녀가 답했다.

"알았어요. 사진 찍어서 메일로 보내 드리면 될까요?"

"응. 일찍 보내주면 좋고."

강윤은 문자로 자신의 메일 주소를 보내주었다.

……이 지나가는 말이 어떤 결과를 가져오게 될지, 강윤은 이때 상상도 하지 못했다.

원진문 회장은 강윤에게서 받아 든 서류를 천천히 넘기며 만면에 미소를 지었다.

"자네는 역시 날 실망시키지 않는군."

한주연에 대한 보고는 원진문 회장을 충분히 만족하게 했다. 더 볼 것도 없다며 그는 결재란에 바로 사인을 했다.

"감사합니다."

"멤버들을 개인별로 발표한다라……. 손이 많이 가긴 해도 멤버 개인별 활동에도 도움이 될 테고 팬 확보, 홍보에도 도움이 되겠어. 게다가 첫 스타트도 아주 좋았고. 난 한주연이 강민주와 그렇게 똑같이 노래할 줄은 생각도 못 했다네."

"열심히 연습한 덕입니다."

"아니아니. 그렇게 만든 사람이 더 대단한 거지. 모창은 누구나 가능하지만 '똑같이' 만드는 건 쉬운 일이 아니야. 눈 감고 들으면 본인도 구별하기 힘들 거야. 고생했네. 자세한 건 이사회의에서 듣고 싶지만……. 아쉽군. 자잘한 이사회의에선 자네를 볼 수 없으니."

"하하하."

이젠 자주 가지 않는 이사회의를 생각하며 강윤은 웃을 뿐이었다.

"다음은 누군가? 크리스티 안이었나?"

"네."

"이번에도 잘 해보도록 하게. 디어링하우스가 아무리 우리 자본이 들어간 회사라지만, 이번에 연습생을 보냈다고 눈치가 많이 보이니 말일세."

"알겠습니다."

강윤은 자신 있었다. 원래 강윤의 과거에서도 '디어링하우스'의 모델이 원래 크리스티 안이었다. 물론, 과거에는 데뷔하고 시간이 어느 정도 흐른 후 촬영하긴 했었다. 지금이 시기상 이르긴 했지만 기본 이미지가 있어 크게 걱정이 없다 판단했다.

회장실을 나온 강윤은 바로 크리스티 안이 연습 중인 연습실로 향했다. 그녀는 거울을 보며 계속 표정 연습을 하고 있었다.

"아―에―이―오―우―"

눈을 올리고, 입을 찢으며 안면 전체를 활용해 표정을 짓는 연습을 하는 크리스티 안은 표정이 마음에 안 드는지 이내 얼굴을 찌푸렸다.

"그래, 그렇게 얼굴 근육을 다 쓰는 거야."

"팀장님."

연습에 집중하느라 강윤을 늦게서야 발견한 크리스티 안은 몸을 움찔하며 그제야 몸을 돌렸다.

"어때? 잘되고 있어?"

"아니요. 어려워요. 웃는 게 쉽지가 않아서……."

"화사하게 웃는다는 게 쉬운 일은 아니지. 숙소에서도 계속 연습하고 있고?"

"네. 그 개구리 뭐더라……."

"뒷다리."

"그것도 하고 있어요. 아침마다 얼굴이 많이 땅기더라고요."

강윤이 주아와 앨범을 작업하는 것을 본 이후, 그녀는 많이 변해 있었다. 이전에도 강윤을 함부로 대하지는 않았지만, 데면데면 했었다. 그러나 지금은 완전히 달라져 있었다. 강윤이 하는 말에는 이유가 있을 거라며 토를 달지 않았다.

"모레가 촬영이야. 알고 있지?"

"네. 아…… 걱정돼요. 주연이는 정말 잘했는데 제가 망치기라도 하면……."

"사실은 주연이도 저만큼 했는데 나라고 못 할 것 같아요? 이런 말을 하고 싶은 거지?"

"……들켰네요."

그녀는 들켰다며 멋쩍은 미소를 지었다.

그때, 강윤이 휴대전화로 그녀의 모습을 촬영했다. 강윤의 행동이 워낙 빨라 크리스티 안은 당황했다.

"팀장님."

깜짝 놀란 그녀가 강윤에게 뭐라 말을 하려 할 때, 그는 사진을 보여주었다. 사진 속에는 수줍은 듯하지만 화사하게 웃고 있는 자신이 있었다.

"표정 좋다. 연습한 보람이 있어. 옛날하고 많이 달라졌네."

"아, 그런가요?"

"예전엔 눈이 움직이질 않았잖아. 입꼬리도 그렇고. 지금은 움직이고 있네. 봐봐."

강윤이 사진을 확대해서 보여주니 그녀도 강윤의 말을 이해할 수 있었다. 그래도 자신의 사진을 크게 본다는 게 민망했는지 이내 강윤에게 줘버렸다.

"셀카도 아니고, 이런 사진은 별로예요."

"앞으론 익숙해져야 할 거야. 내일은 마사지 받고 샵 돌면서 관리만 받을 거야."

"연습은 없어요?"

"모래가 촬영이야. 연습보다 관리가 중요하지."

"우와……."

마치 진짜 데뷔라도 한 것 같아 크리스티 안은 기분이 이상했다. 아무리 센티한 그녀라 해도 영락없는 여고생이었다.

♪ ♪♩♪♩♩♩♪ ♪

"화음을 문자 그대로 해석을 하면 음이 서로 어울린다는 것을 의미해요. 더 쉽게 이야기하면 어울리는 음들이 만나 조화를 이룬다는 말이죠. 가장 기초가 되는 화음부터 보게 될 텐데 먼저 3화음부터……."

이젠 고정석이 된 맨 뒷자리, 강윤은 그곳에서 열심히 최찬양 교수의 수업을 듣고 있었다. 그의 옆에는 강윤의 분위기에 쓸린 하지연이 볼펜들을 색깔별로 바꿔가며 열심히 필기하고 있었다.

"3화음은 기초가 되는 근음, 3음, 5음으로 구성되고 각 화성은 음계의 순서에 따라 숫자로 표기합니다. 자, 예를 들면……."

최찬양 교수는 가장 기초가 되는 C코드와 G코드를 적으며 설명을 이어갔다. 마치 수학 같기도 한 화성학 수업에 몇몇 학생들에겐 졸음의 신이 강림하기도 했다. 그러나 강윤에겐 남의 나라 이야기였다.

연습문제까지 풀고 나서야 최찬양 교수는 쉬는 시간을 선언했다. 학생들은 신이 나서 담배 타임과 휴식을 취하기 위해 화장실로 달려갔다.

"오빠는 담배 안 피우세요?"

책을 펼치며 부족한 부분을 공부하는 강윤에게 하지연이 물었다.

"피우지. 그런데 안 땡기네."

"한 대, 어때요?"

"여자랑 태우고 싶진 않아."

"에이. 조선 사람이 여기 있네? 그럼 나 혼자 가요?"

여자들도 남자들과 맞담배를 태우는 시대였다. 그러나 강윤은 그런 모습이 무척 싫었다. 강윤이 거절하자 그녀가 혼자만의 담배를 즐기러 나갔다.

그녀가 나간 후, 최찬양 교수가 강윤에게 다가왔다.

"교수님."

"그날 잘 들어가셨나요?"

"네. 잘 들어갔습니다."

"강윤 씨가 애들과 빠르게 친해진 것 같아서 좋았어요."

"그랬나요. 저는 교수님이 더 인상적이었습니다."

작곡하는 친구들을 지도하면서 자기 생각을 강요하지 않고 부드럽게 감싸 안는 모습, 강윤에겐 그런 최찬양 교수가 더 인상적이었다.

'쳇.'

밖에서 최찬양 교수와의 대화에 열중하는 강윤을 바라보며 하지연은 투덜거렸다.

MG엔터테인먼트의 지하 스튜디오에서는 오지완 프로듀서가 강윤과 함께 한창 작업 중이었다.

"팀장님 부탁이니 거절할 수는 없지요."

"시간 내주셔서 감사합니다. 나중에 확실히 쏘겠습니다."

개인적인 용건 때문에 일찍 일이 끝난 오지완 프로듀서를 불렀으니 강윤은 미안한 마음이 가득했다. 그러나 이런 전문적인 미디어 작업은 오지완 프로듀서의 손길이 필요했다.

오지완 프로듀서는 기계에 전원을 넣고 익숙하게 조작하기 시작했다.

"스피커마다 악기 소리를 따로 나오게 해달라니, 뭔가 다르게 느껴지는데요?"

"하하하. 조금 색다른 시도를 해볼까 해서요."

"호오. 저도 나중에 한번 해봐야겠습니다."

오지완 프로듀서는 강윤의 지시에 충실히 따라주었다. 그의 손에는 강윤이 지난번에 받아온 악보가 들려 있었다. 오지완 프로듀서는 빠르게 악보대로 입력했다. 그리고 재생을 하니 스피커마다 다른 악기 소리가 나오기 시작했다.

'역시. 이러니 보기가 쉽구나.'

강윤의 생각이 맞았다. 한 스피커에 한 가지 악기만이 나오자 MR과는 달리 한 가지 색깔의 음표가 나왔다. MR은 한번에 다양한 음표들이 나와 판별이 어려웠지만 이렇게 스피커에 한 가지 악기 소리만 나오게 해 조합을 하니 음표들을 자세히 볼 수 있었다. 최대한 밴드와 비슷한 상황으로 설정된 것이다. 음표들이 조합되며 빛을 발하기 시작했다.

'검은색……'

그러나 어두운 빛에 강윤은 인상을 찌푸렸다. 그의 인상만큼이나 오지완 프로듀서도 표정이 좋지 않았다.

"팀장님. 이거 노래가 영……. 아마추어 곡인가요?"

"별로지요?"

"요즘 유행하는 것들은 죄다 이어 붙인 것 같군요."

"저도 같은 생각입니다."

개성 하나 없는 남의 노래들의 멜로디, 이게 오지완 프로듀서의 총평이었다. 강윤의 생각도 크게 다르지 않았다. 만약 이런 노래를 낸다면 그 기획자나 가수나 심한 말로 매장당할 수도 있을 거라 생각이 들 정도였다.

"이번에는 이걸로 부탁하겠습니다."

"같은 곡이군요. 그런데…… 흠."

오지완 프로듀서는 악보를 유심히 보더니 알겠다며 작업에 들어갔다. 같은 곡이었는데 다르다는 느낌을 받았는지 그는 세심하게 입력을 했다. 곧 입력이 끝나고 스튜디오에 곡이 흐르기 시작했다.

'음?'

그런데 이번에는 조금 달랐다. 검은빛은 흔적도 없이 사라지고 음표들이 하얀빛을 만들어내기 시작했다. 그러나 밝기가 많이 밝지는 않았다.

'보컬이 없어서 그런가 보군. 그래도 나쁘지 않아.'

강윤은 이 정도 곡이면 써도 될 것으로 생각했다. 확실히 언니들보다 나았다. 전곡과는 다르게 이번 곡은 짜 맞췄다는 느낌이 거의 없었다. 여기에 보컬의 목소리가 얹힌다면 좋은 노래가 될 것 같았다.

"같은 노래 같은데 이번 게 확실히 낫군요."

"PD님도 그렇게 느끼십니까?"

"물론입니다. 짜 맞춘 느낌이 없네요. 그래도 '그래, 이거다'라는 느낌은 아니에요. 뭔가가 부족한 느낌이 드는데……이유를 모르겠어요."

강윤은 그의 평을 들으며 확신할 수 있었다.

이 곡에 보컬의 노래가 추가된다면 좋은 곡이 될 것이라고.

원래대로라면 정민아와 등교에 서둘렀을 크리스티 안이었지만 오늘은 일정이 달랐다.

그녀는 오늘 광고 촬영이 있어 강남의 한 대형 스튜디오로 출근해야 했다.

"……가면 무조건 인사부터, 인사부터……."

출발 전, 크리스티 안은 먼저 활동을 시작한 한주연에게 필요한 이야기들을 듣고, 또 들었다.

"절대 화내지 않고, 항상 웃고…… 아, 어려워. 이걸 다 하란 말이야?"

"트레이너 선생님들이 적어 주신 거야."

"으으! 이렇게는 못하겠다."

크리스티 안은 치를 떨었다. 사실, 그녀는 까칠한 것보다

복잡한 게 더 싫었다. 이래저래 피곤한 그녀였다.

"그런데 리스야. 팀장님도 가시니?"

"응. 왜?"

"에이. 됐어, 그럼."

그런데 주의사항을 일러주던 한주연이 돌연 다른 말을 했다. 크리스티 안이 의문을 표하자 그녀는 한마디로 일축했다.

"다 알아서 해주실 거야. 에이, 난 또. 리스 혼자 가는 줄 알았잖아……."

"왜 그래? 팀장님 가서 완전 불편할 것 같은데."

"얘가얘가. 모르는 소리하네."

한주연은 뭣도 모른다며 크리스티 안을 타박했다.

"팀장님이 가면 네가 신경 쓸 건 아무것도 없단다. 에이, 복 받았네. 난 부탁에 부탁을 해서 간신히 가주셨는데……. 사람 차별하시나."

크리스티 안이 강윤이 같이 가는 게 그렇게 좋으냐며 의문을 표할 때, 밖에서 빵빵대는 자동차 경적 소리가 울렸다. 빨리 나오라는 신호였다. 그녀는 서둘러 밖으로 나섰다.

차 안에는 이미 강윤을 비롯한 모두가 그녀를 기다리고 있었다.

촬영 장소가 멀지 않아 금방 도착할 수 있었다. 도착하니 스태프들이 한창 촬영장을 세팅 중이었다. 한쪽에는 밥차가 한창 밥을 짓는지 연기가 모락모락 피어났고 다른 한쪽에는 갖가지 조명들이 세팅되며 소품들도 자리에 하나둘씩 놓이고 있었다.

"우와······."

크리스티 안은 촬영장의 모든 게 신기했다. 이것들 모두가 자신을 위해 준비된 것이라니, 생각하면 할수록 놀라웠다. 저 소품들을 들고 조명을 받으며 촬영에 들어갈 생각을 하니 가슴이 뛰었다.

"크리스티. 이제 준비해야지."

"네."

강윤은 여기저기 눈을 돌리는 크리스티 안을 메이크업 팀에게 맡기고 바로 사진작가에게로 향했다. 사진작가는 수염이 난 예술가 스타일이었는데 눈매에 힘이 있었다.

"안녕하십니까, 이강윤입니다."

"허이고, 요즘 유명한 그 팀장님이 직접······ 유한세입니다."

사진작가 유한세도 강윤을 잘 아는지 힘 있는 목소리로 화답했다. 강윤은 자양강장제를 돌리며 크리스티 안을 잘 봐달라 부탁했다. 강윤의 서글서글한 모습에 모두가 웃으며 알겠다며 답해주었다.

화장에 준비에 정신없는 크리스티 안을 대신해 강윤은 여기저기 인사를 다녔다.

"이야, 밥차를 MG에서 낼 줄은 몰랐습니다."

"잘 먹겠습니다."

제작비에서 나가는 밥차 비용도 강윤이 회사 비용으로 지불했다. 스태프들 모두가 MG엔터테인먼트의 배포에 감탄하며 강윤에게 감사를 표했다. 모두가 크리스티 안을 비롯한 소녀들의 평판을 위한 투자였다.

크리스티가 준비를 마치자 곧 촬영이 시작되었다. 단순히 사진 몇 장을 찍는 게 아닌 광고에 들어갈 사진을 '제작'하는 의미이기에 한 장 한 장에 힘이 들어갔다.

"이런. 크리스티 양, 조금만 얼굴을 펴줄래?"

"네? 아……. 죄송합니다."

긴장해서일까? 크리스티 안은 몸이 굳어 있었다. 표정이 계속 굳어 있자 유한세 작가의 표정도 미묘하게 변해갔다. 계속되는 촬영에도 그녀의 얼굴은 한결같이 굳어 있었고, 결국 그는 이마에 손을 짚었다.

"하아……. 초보는 역시 쉽지 않네."

그래도, 강윤 덕일까. 평소 같았으면 짜증을 한 트럭을 냈을 그였지만 많이 자중했다. 그러나 그 순화된 한마디가 크리스티 안을 주눅 들게 하였다. 유한세 작가는 결과물과 크리스티 안을 번갈아 보더니 안 되겠다 생각했는지 외쳤다.

"잠시 쉬었다 갑시다!"

머리를 식히자는 의도였다. 그는 어시스트들이 모여 있는 곳으로 가서 노트북으로 결과물들을 봤다. 마음에 들지 않는 것들은 지워나가며 그는 살며시 고개를 저었다. 사진들이 그리 신통치 않았다.

유한세 작가의 모습을 본 크리스티 안은 어깨를 추욱 늘어뜨린 채 밖으로 나갔다.

"하아……."

크리스티 안은 스튜디오 밖 처마 밑에 쪼그려 앉았다. 첫 촬영이 생각대로 되지 않아 기운이 나지 않았다. 표정 연습에 거울을 보며 이미지 메이킹까지 완벽하게 해왔다 생각했는데, 실전은 역시 만만치 않았다.

'어렵다. 포기하고 싶어…….'

별별 생각이 다 들었다. 신인들한텐 가혹한 연예계, 한 번 소문이 이상하게 나면 두 번 다시 불러주지 않는다는 이야기부터 이번에 이렇게 하면 다음은 어쩌나 하는 생각까지, 별별 생각이 다 들었다. 그러나 뾰족한 수는 떠오르지 않았다.

크리스티 안은 어깨를 추욱 늘어뜨린 채, 안으로 들어갔다.

'어?'

기운 없이 들어온 크리스티 안은 전혀 상상도 하지 못한 장면과 마주했다.

"처음이라 많이 부족합니다. 그래도 이번에는 몸도 풀려서 괜찮을 겁니다. 잘 부탁드립니다."

그녀 앞에서 강윤이, 일본에서 최고로 잘나간다던 프로듀서 앞에서도 당당히 고개를 세우던 그 강윤이 사진작가와 스태프들에게 자신을 잘 봐달라며 고개를 숙이고 있었다.

'팀장님…….'

고개를 숙이는 강윤을 보니 크리스티 안은 마음이 먹먹해졌다. 그녀가 아는 강윤은 언제나 당당했다. 까칠하다는 주아는 물론이요, 그 무섭다는 이사들, 회장들 앞에서도 눈 하나 깜빡하지 않는다고 들었다. 그러나 그가, 사진작가와 스태프들 앞에 헤실거리며 조아리고 있었다.

"아직 몸이 덜 풀려서 그럽니다. 자자, 이것 좀 드시고……."

크리스티 안은 강윤의 다른 모습이 충격적이었다. 지금 저런 모습을 보이는 게 다 자신 때문이라는 걸 누구보다 잘 알았다. 그의 그런 모습을 볼 수가 없어 그녀는 결국 밖으로 향했다.

밖으로 나가니 다른 스태프들은 여전히 분주히 움직이고 있었다. 오늘 찍을 사진들이 많았는지 각종 소품들, 장치들을 나르며 정신없이 움직이고 있었다.

"아아……. 어렵다, 어려워."

"뭐가?"

"액……."

멍하니 있는데, 누군가가 그녀 옆에 섰다. 보니 매니저 김세휘였다.

"매니저님……."

"오빠라 부르라니까."

"그래도 나이 차이가……."

"이 바닥은 위면 다 오빠야."

"삼촌이 낫지 않을까요?"

"……됐다 그래."

크리스티 안의 주관이 확실하니 김세휘 매니저도 더 할 말이 없었다. 그래도 그는 크리스티 안의 상태가 이상한 걸 확인하곤 조용히 물었다.

"촬영이 처음이라 힘들지?"

"마음대로 안 돼서 어려워요."

"당연한 거야. 처음부터 누가 잘하겠어."

"그래도 저 때문에 팀장님이 저렇게……."

크리스티 안은 문틈 사이로 보이는 강윤을 가리켰다. 그는 여전히 스태프 사이들을 돌며 열심히 자양강장제를 돌리며 인사를 다니고 있었다.

"흠……. 저거 원래 내가 해야 하는 일인데."

"그런데 왜 팀장님이 하세요?"

"너 때문에."

대번에 돌직구가 날아오니 크리스티 안은 할 말이 없었다.

"……진짜 대놓고 말씀하시네요. 하긴, 실수 많이 하긴 했어요. 맞는 말인데도 아프다…….”

“알긴 아는구나. 여기 나온 이상 프로니까. 원래 내가 돌리려고 했는데, 팀장님이 직접 가시겠다고 했어. 그래야 무게가 있다고. 네가 처음으로 나가는 무대인데 더 사람들이 신경 써줄 거라 하시면서.”

“…….”

“이 바닥은 정글이야. 약하면 잡아먹히는 그런 곳이지. 그런데 너흰 걱정 없겠다. 저런 팀장님께서 직접 다 케어해 주시니……. 너희, 진짜 잘될 것 같아. 화장실 가서 추스르고 들어와. 곧 시작할 거야.”

김세휘 매니저는 안으로 들어갔다. 촬영장의 상황을 봐야 하기 때문이었다. 물론 강윤이 있어 놀기만 한다는 이야기를 듣기 싫었다는 이유도 있었다. 여러모로 현장에 최고 책임자가 함께 오면 피곤했다.

‘……이번에는 잘해보자.’

크리스티 안은 이번에는 꼭 잘해보자며 마음을 단단히 다졌다. 강윤이 자신 때문에 고개를 숙이는 모습을 또 보고 싶지 않았으니 말이다.

“그렇지! 좋아요, 좋아! 그 눈빛이야. 그대로!”

유한세 작가는 셔터를 누르며 연신 좋다를 연발했다.

화사하게 웃다가 한순간 냉기를 뚝뚝 떨어뜨리는 크리스

티 안의 표정이 반전의 미를 잔뜩 안겨다 주었다. 쉬기 전에는 그토록 담고 싶어도 담을 수 없었던 컷들이 연달아 쏟아지기 시작하자 그는 환호하며 셔터를 미친 듯이 눌러댔다.

스튜디오에 플래시가 연달아 터지며 크리스티 안도 갖가지 표정들을 취했다. 결과물들이 하나둘씩 쌓이면서 스태프들의 표정도 점점 진해졌다.

한편, 강윤은 차분히 촬영하는 모습을 지켜보고 있었다. 그를 위시하여 매니저들과 코디네이터들이 촬영이 어떻게 흘러가는지 지켜보았다. 이들은 한 장면이 끝나면 바로 들어가 크리스티 안의 화장을 고치고, 다시 나오는 것을 반복하며 조금이라도 더 나은 사진을 위한 숨은 공로자들이었다.

"후아……."

하지만 오랜 시간 탓에 매니저와 코디네이터 몇몇은 담배타임을 가지러 나갔다. 그러나 강윤은 그대로 자리를 지켰다. 크리스티 안이 계속 자신을 의식하고 있는 것을 알고 있는 탓이었다. 그도 어떤 상황이 펼쳐질지 몰라 속이 탔지만 크리스티 안을 내버려 두고 자리를 떠나지 못했다. 담배가 계속 불렀지만 참아냈다.

이윽고.

"수고하셨습니다!"

사진작가 유한세의 선언과 함께 촬영이 끝이 났다. 강윤은 얼른 그에게로 달려갔다.

"결과물들은 어떻습니까?"

그러자 유한세는 말없이 엄지손가락 하나를 척 들었다.

"최고입니다. 아아, 이거 처음이랑 끝이 너무 다른데요?"

"그렇습니까?"

"다만……."

"다만?"

"아이고, 크리스티가 왜 자꾸 팀장님 쪽으로 고개를 돌리는지 모르겠습니다, 그려. 하하하. 아무튼, 오늘 사진 정말 좋았습니다. 보여드릴까요?"

강윤은 노트북으로 결과물들을 볼 수 있었다. 아직 사진에는 웃는 얼굴과 도도한 표정의 크리스티 안이 극명하게 대비되어 확실히 살아 있었다. 클라이언트들에게 올려도 괜찮다고 생각했는지, 그는 만족하며 장비들을 정리했다.

사진작가와 이야기를 마친 강윤은 대기실로 향했다. 크리스티 안은 매니저와 코디네이터들이 챙기고 있었다.

"수고했어."

"수고하셨습니다."

별다른 말은 없었다. 힘들었냐는 말도, 처음이라 어땠냐는 말도 없었다. 그러나 크리스티 안은 강윤에게 말할 수 없는 고마움을 느꼈다.

촬영에 처음 임했을 때, 불안으로 흔들리는 자신을 위해 그는 말없이 현장을 잡아주고 있었다. 자신을 위해 기꺼이 고개를 숙이는 모습과 촬영장을 지켜주는 무게감은 무엇에 비할 바가 아니었다. 존경하는 선배 주아가 왜 강윤을 계속 고집하는지 이제는 확실히 알 수 있었다.

짐들을 챙겨 밴에 오르니 어느덧 해가 지고 있었다. 종일 계속된 촬영에 크리스티 안은 바로 창가에 머리를 기대며 잠이 들었다.

"리스가 피곤했나 보네요."

"이거 덮어주세요."

강윤은 매니저 김세휘에게 앞자리에 있던 작은 담요를 내밀었다. 크리스티 안은 잠결에 따뜻한 무언가를 느끼곤 편안히 잠자리에 들었다.

원진문 회장은 강윤에게서 한주연과 크리스티 안의 내용을 보고받으며 만족했다.

"수고했네. 내가 요즘 팔불출같이 자네 편만 드는 것 같군."

"감사합니다."

언제나처럼 무난하게 결재란에 사인을 받은 강윤은 인사를 하곤 밖으로 나서려 했다. 그러나 그는 궁금한 게 많았는지 그를 붙잡았다.

"차 한잔하지."

곧 미인 여비서가 차를 들여왔다. 이전에 마셨던 군산은침 정도는 아니었지만 좋은 향이 감도는 차였다. 원진문 회장은 차의 은은한 향을 음미하며 편안한 음성으로 이야기하기 시작했다.

"다음 차례가 서한유인가?"

"네. 곧 보고 올리겠습니다."

"알겠네. 사실, 진짜 듣고 싶은 이야기는 다음 걸그룹 발표에 대해서야. 나뿐만 아니라 투자자들 모두가 민감한 사항이지. 잘 알고 있으리라 생각하네."

"물론입니다."

"주식에 민감한 사람들이 많아서 말이야. 우리가 투기 자본도 아닌데 왜 이러는지 모르겠어. 지금까지 잘 해오고 있지만 한번 삐끗하면 바로 바닥으로 내려갈 수 있으니 조심, 또 조심해야 하네. 스캔들 같은 것들은 특히 더. 멤버들이 언론에 공개되고 있는 지금 애들 행동도 유념해야 할 거야."

원진문 회장의 말에는 묵직한 무게가 실려 있었다. 강윤도 그 말의 무게를 잘 알고 있었다. MG엔터테인먼트의 규모만큼이나 걸려 있는 것들도 많았다. 타인의 입에 오르내리기 쉽고 한 번 잘못 오르내리면 바로 바닥으로 떨어질 수 있는 곳이 연예계다.

"명심하겠습니다."

"자네를 믿지만, 노파심에 하는 잔소리라는 걸 알아주게. 말이 길어졌군. 이후 일정은 어떻게 되나?"

"정민아까지 발표가 모두 끝나면 11월이 됩니다. 그때가 되면 MG엔터테인먼트에서 걸그룹이 데뷔한다는 게 퍼져나가게 될 겁니다. 그때에 맞춰 관계사들을 초청해 쇼케이스를 열 계획입니다."

"여러 가지를 고려하고 있었군. 예산이 괜히 많이 든 건 아니었어. 데뷔과정을 방송한다는 건 어찌 되었나?"

"하지 않기로 했습니다. 보니 인터넷 홍보만으로도 효과가 크다는 판단이 섰습니다. 예산을 더 낭비할 필요가 없다는 판단하에 방송은 하지 않기로 했습니다."

"아깝지 않나? 지금까지 전혀 없던 콘셉트라 반응이 괜찮을 텐데. 그쪽 PD가 서운해하겠군."

"서운하지 않게 잘 마무리했습니다."

원진문 회장은 강윤의 판단에 잠시 의아했지만 이내 수긍했다. 지금 한주연과 크리스티 안이 알려지는 상황을 보면 강윤의 판단이 맞다는 생각이 들었다. 이미 사람들에게 강렬한 임펙트를 안겨 주었기 때문이었다.

"알았네. 나는 11월을 기대하면 되는 건가?"

"네. 그때 걸그룹 이름과 모든 걸 보실 수 있으실 겁니다."

"본격적으로 그때부터 전쟁에 들어가겠군."

"네. 지금까지는 전초전이었죠. 그때부터 진짜 시작이 될 겁니다."

"기대되는군. 전초전이 이 정도라면 그때는 어느 정도란 말인가?"

언젠가부터 동네 할아버지같이 자신을 밀어주는 그의 모습에 강윤은 그저 웃을 따름이었다. 하지만 실패를 한다면 그게 역풍으로 돌아올 것이라는 걸 강윤은 잘 알았다. 그래서 항상 조심, 또 조심했다.

원진문 회장은 나중에 직접 걸그룹 멤버들을 격려차 방문하겠다는 말을 남기곤 강윤을 보냈다.

강윤이 나가자, 그는 식은 차를 마시며 중얼거렸다.

"대단한 친구야. 덕분에 너무 편해졌어. 후후."

경영에만 집중할 수 있는 지금이 그는 매우 편안했다.

강윤이 사무실로 돌아오니 그를 반기는 건 쌓여 있는 일거리였다. 크리스티 안, 한주연과 함께 일을 했더니 책상 위엔 그를 환영한다며 '결재를 바랍니다'라는 표지들이 잔뜩 그를 반겨주었다.

"……그래. 내 자리가 여기지 어디겠냐."

층층이 쌓여 있는 서류들을 펼치며 강윤은 일을 시작했다. 아직은 홍보팀 일들이 가장 많았지만, 섭외팀도 조금씩 보이고 있었다. 기획팀은 말할 것도 없이 언제나 바빴고…….

그렇게 일 삼매경에 빠져 있을 때, 강윤의 휴대전화가 울렸다. 최찬양 교수의 전화였다. 강윤은 무슨 일인가 싶어 전화를 받았다. 그는 강윤이 수업에 빠져 걱정되어 전화했다며 무슨 일있냐며 안부를 물었다.

"아, 죄송합니다. 일이 바빠져서 빠지게 되었네요."

—걱정했습니다. 무슨 일이 있으신가 해서요.

"아닙니다. 괜히 신경 쓰게 해드렸네요."

—괜찮으시다면 저 근처에 있는데 수업을 봐 드려도 될까요?

강윤은 마다할 이유가 없었다. 화성학은 요즘 강윤이 가장 하고 싶어 하는 공부였다. 틈틈이 보고 있었지만, 독학보다 가르침을 받는 게 백배 나았다.

"그래도 괜찮겠습니까?"

—이 정도야 어려운 일이 아닙니다. 일하시는 중이라 하셨으니 회사로 가면 되겠습니까?

"그래 주시면 감사하죠."

강윤은 최찬양 교수에게 근처 카페로 와달라고 부탁했다. 회사 사무실로 초대해도 되지만 엉망인 사무실에서 그를 맞는 건 실례라 생각했다. 약속을 잡은 강윤은 그와의 통화를 마쳤다.

서둘러 일을 마무리하고, 강윤은 서둘러 약속을 잡은 카페로 향했다.

최찬양 교수는 이미 그를 기다리고 있었다.

"여기예요."

"이런, 일찍 도착하셨군요. 더 일찍 나올 걸 그랬습니다."

"아니에요. 여기저기 보면서 잘 있었습니다."

최찬양 교수는 언제나와 같은 부드러운 미소로 강윤을 맞았다. 그는 책들을 펼쳐 놓으며 최윤미 이야기를 꺼냈다.

"강윤 씨가 애들과 빨리 친해져서 보기 좋습니다. 역시, 현업에 계신 분들은 감각이 좋은가 봐요."

"애들이 착해서 그런 겁니다. 저야 고맙죠."

"조금 걱정을 하긴 했는데……. 강윤 씨도 저희 애들에게 잘해주시고 애들도 좋아하니 전 좋습니다. 앞으로도 잘 부탁해요."

강윤은 웃으며 꺼낸 책을 펼쳤다.

화성학을 배운지 근 한 달. 처음과는 달리, 책 속의 콩나물들과 조금씩 친해졌다. 화음과 성조, 코드가 어떤 개념인지 어떻게 활용해야 하는지 조금씩 익혀가고 있었다. 물론, 작곡의 이론이나 음악에 어떻게 써야 하는지는 아직 알 수 없었지만 적어도 이게 어떤 음인지 정도는 알 수 있었다. 최찬양 교수는 귀에 쏙쏙 들어오게 가르쳐 주었고 강윤도 열심히 따라갔다.

뜨거운 아메리카노가 차갑게 식어갈 즈음, 최찬양 교수가 등에 몸을 기대며 피곤에 찬 목소리로 말했다.

"잠시 쉴까요?"

"그럴까요?"

장장 두 시간은 지났을 때였다. 시간이 얼마나 가는지도 몰랐는지 두 사람은 끝내자는 이야기는 하지 않았다.

최찬양 교수가 화장실에 간 사이, 강윤은 수없이 넘어간 페이지들을 다시 넘기며 복습에 들어갔다.

"잠깐. 처음엔 D로 시작했고 다음엔 A인가, C인가?"

설명을 들을 땐 쉬웠는데 다시 들으니 어려웠다. 콩나물이 음표로 보인 건 잠시였다. 콩나물은 콩나물이었다.

"이거 A에 C#이네요."

그때, 강윤의 뒤에서 들려오는 소리가 있었다. 돌아보니 민진서였다.

"아, 그런…… 진서? 진서야. 여긴 웬일이야?"

"커피 한잔하려고 왔는데 선생님이 보여서 왔죠? 풋. 선생님. 이런 기초 교재를 푸세요?"

"이런. 사실은 음악이론에 약해서 말이야. 공부해야겠더라."

"에에? 진짜요? 충격인데요?"

민진서는 장난 어린 표정을 지었다. 강윤은 어깨를 으쓱이며 그럴 수도 있다며 웃어넘겼다. 그녀의 옅은 화장기 어린 얼굴에는 미소가 활짝 피어 있었다. 강윤을 본 게 무척 좋았는지 매우 화사한 얼굴이었다. 그 미소 때문인지 MG엔터테인먼트 근처의 카페였음에도 민진서를 본 직원들은 이미 수군거리기 시작했다.

"저 주문하고 올게요."

"그래."

조금씩 인기에 적응하고 있는지 민진서는 자신을 보며 소곤소곤 이야기하는 사람들을 보면서도 큰 반응을 보이지 않았다. 강윤은 그녀의 이런 모습에 대견스러웠다. 민진서는 안 보는 사이 스타로서의 모습을 갖춰가고 있었다.

강윤이 다시 책에 눈을 돌리고 있을 때, 최찬양 교수가 자리로 돌아왔다.

"책 많이 보셨나요?"

"아니요. 혼자 하기에는 역시 어렵네요. 역시 공부는 다 때가 있나 봅니다."

"이 정도면 잘하시는 거예요. 여기는……."

최찬양 교수가 강윤이 모르는 부분을 집어줄 때, 뒤에서 인기척이 났다. 뜨거운 커피잔을 들고 있는 민진서였다.

"선생님, 저 앉아도 될까요?"

"응? 아 그게……."

"미, 민진서어?!"

그런데 민진서를 본 최찬양 교수의 눈이 휘둥그레졌다. 평소 차분한 그의 모습과는 천양지차인 그 모습에 강윤이 의아해졌다.

"왜 그러시는지……."

"아, 아……."

민진서도 이유를 알 수 없어 갸우뚱하는데, 최찬양 교수가 갑자기 자리에서 벌떡 일어났다.

"패, 패…… 팬입니다!"

"……."

전혀 캐릭터와 어울리지 않게 고개를 숙이며 손을 내미는 최찬양 교수의 모습에 강윤과 민진서는 난감한지 어색하게 웃을 뿐이었다.

민진서는 최찬양 교수에겐 멋들어진 사인과 함께 사진촬영까지 하고 즐거운 한때를 보냈다. 최찬양 교수는 뜻밖의 행복에 감사에 감사를 거듭했다. 강윤이 사람이 이렇게 바뀔 수 있냐며 놀랐지만 겉으로 드러내진 못했다. 혼자 살면 다 그런가 하며 넘길 따름이었다.

최찬양 교수와 헤어지고 두 사람은 한산한 거리로 나섰다.

"하하하. 선생님이 음악을 배우고 계실 줄은 생각도 못 했어요."

강윤은 평소와 다르게 민진서의 밴을 탔다. 혹시라도 무슨 말이 나올까 거듭 사양했지만, 민진서가 이번만, 이번만 하는 통에 결국 뿌리치지 못했다. 물론 주변에 사람이 없었다는 이유와 편안하게 가고 싶다는 이유도 함께했다.

"사람은 평생 배워야 하는 거야. 혹시 알아? 내가 작곡도 하게 될지?"

"선생님이 노래 만들면 저도 주시는 거예요?"

"노래엔 관심도 없는 애가 무슨 말이래?"

민진서가 노래 쪽엔 크게 관심이 없다는 건 강윤이 가장 잘 알았다. 그런데 민진서는 농담이 아니었는지 거듭 말했다.

"선생님이 만든 곡이라면…… 이야기가 다를지도? 저 가수로 데뷔하라고 권유받았었잖아요. 재능은 인정받은 몸이에요."

"이 바닥이 그렇게 만만한 줄 알아?."

강윤은 농담일 줄 알고 가볍게 웃어넘기려 했다. 그런데 오기라도 생겼는지 민진서는 거듭 말했다.

"농담 아닌데. 선생님이 주신 곡이라면 노래해 보고 싶은데요?"

"나원. 그러면 작곡하게 되면 줄게. 언제가 될지는 모르지만."

"약속하셨어요?"

"알았어, 알았어. 아직 음표인지 콩나물인지 구별도 안 되는데 언제 작곡을 하겠어. 하하하."

얼토당토않은 이야기였지만 강윤은 가볍게 승낙했다. 아직 작곡은 먼 이야기였다. 애초에 화성학을 배우는 이유가 음악을 더 체계적으로 알게 되면 이 보는 능력이 더 발전하지 않을까 하는 생각에서였다.

하지만 뭔가가 쓰였는지 민진서에겐 그렇게 들리지 않은 모양이었다.

"선생님은 하실 수 있을 거예요. 꼭."

"처음에는 뭘 보고 자길 믿느냐면서 화내놓고선."

"그…… 그건 그때고요. 지금하고 같나요."

과거 이야기가 나오자 민진서는 부끄러움에 얼굴을 붉혔다. 그 모습에 강윤은 홍당무라고 놀려댔다. 화기애애하게 폭력과 사랑이 난무했다.

그렇게 이야기를 나누다 보니 밴은 이내 강윤의 집 근처에 도착했다.

"고마워."

"선생님은 이런 곳에 사시는구나."

민진서는 차 안에서 여기저기를 둘러보았다. 내려서 배웅을 해주려 했지만, 강윤이 그러지 못하게 했다. 민진서의 얼굴에 언뜻 서운함이 내비쳤지만, 강윤은 이런 면에서 철저했다. 민진서는 아쉬웠지만 웃으며 그를 배웅했다.

"그럼, 선생님. 나중에 봬요."

"조심해서 들어가."

밴의 문이 닫히자 강윤은 천천히 집으로 향했다. 그런데 얼마 가지 못해 강윤은 장을 보고 오는 희윤과 마주쳤다.

"오빠?"

"희윤아."

거리에서 마주친 동생은 더더욱 반가웠다.

장을 보고 왔는지 희윤의 양손에는 봉지가 가득 들려 있었다.

"줘봐."

"괜찮아, 내가 들게."

잠시 실랑이가 벌어졌지만, 강윤은 기어이 동생의 짐을 뺏어 들고는 앞서 걷기 시작했다.

'하여간.'

희윤은 강윤의 넓은 등을 잠시 바라보다가 얼른 뛰어 그의 팔을 붙잡았다. 그렇게 남매는 함께 밤길을 걷기 시작했다.

"오빠, 밴이다."

오빠와 팔짱을 낀 희윤은 그들을 지나쳐가는 밴을 가리켰다. 방금 강윤이 타고 온 민진서의 밴이었다.

"그러게."

"난 밴 보면 오빠 생각나. 옛날엔 맨날 타고 다녔었잖아."

"옛날이야기지."

"나도 나중에 타보고 싶다."

동생과 대화를 나누며, 강윤은 집으로 향했다.

공연팀 업무는 없었다. 그러나 걸그룹 업무가 늘어나면서 강윤의 책상 위는 서류들이 점점 늘어가고 있었다. 게다가 책상 위에서만 업무가 이루어지는 것도 아니었다. 회의는 기본, 현장도 가봐야 했고 그 외 여러 가지에 신경 써야 할 것들이 많았다. 강윤은 몸이 3개라도 모자랐다.

"아저…… 팀장님. 아아! 너무 어려워요……."

연습실에 들른 강윤을 보자마자 정민아는 투덜거렸다. 언제나 한결같은 그 모습에 강윤은 그녀의 이마를 사랑을 담아 밀어주었다. 정민아가 발끈하며 난리였지만 강윤은 쉬이 넘어갔다.

"투덜이. 오늘은 또 뭔데?"

"투덜이라뇨! 정민아라는 예쁜 이름이 있건만! 암튼 댄스 대회라뇨. 그것도 한 달 전에 주시면 어떡해요. 연습 시간이 부족할 텐데……."

"민아, 너라면 한 달도 길어."

"그…… 그건 그렇지만."

통보를 늦게 받아 연습 시간이 부족했다며 정민아는 툴툴댔다. 그러나 강윤은 전혀 그렇게 생각하지 않는지 태연했다.

"이 정도 대회에서 우승 못 하면 망신이야, 망신."

"쳇. 부담도 어지간히 주시네요. 뭐…… 믿어 주신다니

확실히 보여드리겠습니다. 그런데요…….."

정민아는 잘나간다 싶더니 입술을 삐죽거렸다. 그러고는 불만이 있는지 다시 투덜거렸다.

"팀장님. 저도 TV에 나가고, 광고도 찍고 싶다고요. 그런데 왜 저만 이런 코딱지만 한 대회에 나가야 하느냐고요~ 흐잉. 네에?"

"뭐야. 결국, 그게 불만이었냐?"

"뽀대가 안 나잖아요, 뽀대가아! 뭐…… 삼순이처럼 시골에서 할머니들한테 애교 부리는 방송에는 나가기 싫지만……."

자존심이 상했던 걸까, 정민아는 쭈뼛댔다. 한주연의 방송을 시작으로 크리스티 안의 CF, 서한유는 뮤직비디오, 에일리 정의 교육방송 출연 등 그녀는 부러운 것투성이였다.

"하여간 넌 너무 솔직해서 탈이다, 탈이야."

"제가 원래 좀 그래요. 후훗."

"그렇다고 비보이 대회를 나갈 순 없잖아? 헤드스핀이라도 해볼래?"

"못 할 건 없죠. 배우면 되지."

"그래, 한번 돌자, 돌아. 나도 돌겠다. 일루와."

"으악! 이 악덕 팀장!"

정민아는 강윤에게 계속 툴툴거렸다. 하지만 툴툴거리면서도 강윤의 말에 반발하거나 게으름을 부린 적은 절대 없었다. 말과 행동이 다른 것이 정민아의 매력이라면 매력이었다.

잠깐의 살풀이(?)가 끝나고 정민아가 차분해진 어조로 물었다.

"저도 당연히 같이 가 주시는 거죠?"

"뭐가 당연해? 바빠."

"뭐에요. 한주연 같은 애들은 같이 갔으면서?"

"넌 잘하잖아."

"아, 몰라. 나 안 해."

말은 그렇게 해도 정민아는 강윤이 정말로 바쁘다는 걸 이해하고 있었다. 사실 팀 내에서 가장 친한 존재는 두 사람이었다. 하지만 강윤의 표정을 보며 진짜로 곤란하다는 걸 눈치챘는지 정민아는 투덜거리며 말을 돌렸다.

정민아의 상태를 점검하고, 다른 소녀들도 함께 본 강윤은 이후 회의를 위해 2층으로 향했다. 사원들에게 현황을 보고받은 후 본격적으로 쇼케이스에 대한 지시를 내리니 하루가 쏜살같이 지나갔다.

다음 날, 강윤이 사무실에서 일을 보고 있는데 문 두드리는 소리가 났다.

"네."

문을 열고 들어온 이는 MG엔터테인먼트 전속 작곡가 로인이었다. 그녀는 눈을 찌르는 머리를 한번 넘기고는 강윤에게로 다가왔다.

"안녕하세요, 팀장님."

"어서 오십시오."

그녀는 들고 온 USB와 서류를 강윤에게 넘겨주었다. 강윤이 서류를 넘겨보니 악보였다.

"곡이 나왔군요."

"네. 일정에 맞추려면 서둘러야 한다 들었어요. 그래서 힘을 내봤죠."

"고생하셨습니다. 일단, 들어볼까요."

강윤은 컴퓨터에 USB를 꽂고 재생시켰다. 가볍지만, 리듬감 있는 음악이 나오기 시작했다. 가이드를 부른 연습생의 목소리도 꽤……

'주아 목소리잖아?'

강윤은 당황스러웠다. 그의 당황스러움을 알았는지 로인 작곡가가 설명해 주었다.

"주아가 자청했어요. 중요한 후배들의 첫 곡인데 선배가 나서줘야 한다네요."

"하여간 애들 기죽이는데 뭐 있다니까."

가이드송이 더 좋으면 어쩌라는 건지. 선배는 무슨. 분명히 강윤 때문에 시위하려는 목적도 있는 게 뻔했다. 이 가이드를 들으면 소녀들의 부담이 엄청나질 게 뻔했다. 이걸 어떻게 받아들여야 할지, 강윤은 골머리를 앓았다.

그때, 그의 머릿속에 스치는 생각이 있었다.

'잠깐, 이 노래…… 그러고 보니 옛날 그 노래잖아?'

강윤은 원래 있던 자신의 과거를 떠올렸다. '우리 이야기'는 그의 과거에 에디오스가 유일하게 실패한 곡이었다. 과거의 실패를 생각하니 강윤은 이 곡을 거부해야겠다는 생각이 들었다. 그러나 한편으론 다른 생각도 들었다.

'우린 지금 멤버도, 인원도 다르잖아?'

과거의 에디오스와 지금의 소녀들은 완전히 다르다. 그렇다면 괜찮지 않을까? 하지만 이 정도론 부족하다 생각했다. 강윤은 노래를 듣는 내내 표정이 심각해졌다.

노래가 끝나고, 로인 작곡가가 강윤을 보며 물었다.

"노래 별로였나요?"

"아, 아닙니다. 생각할 게 있어서."

"솔직하게 말씀하셔도 됩니다."

로인 작곡가는 긴장했다. 작곡가 입장에서 곡을 거부당하는 기분은 자식이 버림당하는 기분과 같았다. 강윤이 혹시 그러는 것은 아닐까, 그녀는 손에 힘을 꽉 주었다.

"다른 곡은 없습니까?"

"다른…… 곡이요?"

아니나 다를까.

로인은 눈을 감아버렸다.

"비교를 해봐야 알 것 같습니다. 다른 곡도 있나요?"

"네, 물론……. 하지만 가이드도 없고 멜로디랑 악보만 있어요."

로인 작곡가는 이 곡에 더 무게를 두고 준비해 왔다는 걸 어필했다. 그러나 강윤은 요지부동이었다. 기어이 USB 안에서 곡을 찾아 재생하고는 그녀의 휴대전화에 있는 악보도 크게 확대해 보기 시작했다.

가이드송이 없어 느낌만 알 수 있을 뿐이었다. 가벼우면서 신나는 느낌은 전의 곡과 크게 다르지 않았다. 그러나 강윤은 알았다는 듯, 서류에 체크를 했다.

"일단 이 두 개를 다 해봐야겠군요. 그 이후에 이야기해 봅시다."

"알겠습니다. 내일까지 완료해 오죠."

로인 작곡가와 의견을 조금 더 조율하고, 강윤은 곡과 관련된 업무를 완료했다.

쉬는 날.

강윤은 학생밴드가 한창 연습에 한창인 한려 예술대학에 있었다.

"아, 그게 아니고, 여긴 이렇게……."

"어? 난 이게 더 나을 것 같은데……."

문미진과 구형석이 이게 맞네, 저건 아니네 하며 악보로 알력다툼에 한창이었다. 강윤은 최찬양 교수 옆에서 조용히 그 모습을 지켜보고 있었다.

'쟤는 악보도 보내줬건만.'

강윤은 이현아에게 계속 눈치를 줬다. 그러나 이현아는 말이 없었다. 간간이 마음에 안 든다는 이야기만 할 뿐, 실질적으로 자신의 의견을 이야기하진 않았다. 힘들게 오지완 프로듀서에게까지 부탁해 그녀에게 말해줬건만, 강윤은 답답했다.

"밥 먹고 할까요?"

2시가 훌쩍 지나, 최찬양 교수가 모두에게 식사를 권하자 간신히 연습을 가장한 곡 토론이 끝이 났다. 그는 중식을 주문했고 모두가 신나 열심히 식사했다.

간짜장을 먹은 강윤은 양치도 할 겸 잠시 밖으로 나왔다. 양치한 후 학생회관 밖을 나오니 이현아가 혼자 멍하니 벤치에 앉아 있었다.

"뭐해?"

"아, 오빠."

이현아는 살짝 움직여 강윤의 자리를 마련해 주었다.

"오늘도 곡에 대해 말을 못 했네."

"……."

"먼저 나서보라니까."

강윤이 아무리 북돋워 주어도 그녀는 말이 없었다. 선뜻 선후배 사이의 룰을 깨고 싶지 않은 게 분명했다.

"그놈의 하극상. 줘봐."

결국, 답답함에 못 이긴 강윤이 그녀에게서 악보를 빼앗아 들었다.

"오빠."

"답답해서 원……."

"……."

자신이 노력한 게 아까워서라도, 강윤은 꼭 이 악보의 결과가 보고 싶었다. 이현아가 우물쭈물했지만, 강윤은 휙 돌아서 안으로 들어가 버렸다.

연습시간이 돌아왔다. 강윤은 최찬양 교수 옆에서 나와 리더 민찬민에게로 왔다.

"형님, 할 말 있으십니까?"

"내가 교수님 도움을 받아서 약간 곡을 손봤는데 한 번만 봐줄래?"

뒤에서 듣고 있던 최찬양 교수가 무슨 말인가 하며 강윤을 바라봤다. 그러나 이내 강윤과 눈빛을 마주하곤 고개를 끄덕였다.

민찬민은 강윤에게서 받아든 악보를 천천히 훑어보기 시작했다. 신시사이저로 멜로디를 연주해 보더니 곧 모두를 불러 모았다.

"형석아. 이 부분 괜찮지 않냐?"

"어어. 여기가 맨날 이상했잖아. 이야, 여기 좋다."

"늘어졌던 부분도 타이트하게 교정됐네요. 이거 맘에 든다."

김희진까지 강윤이 준 악보가 마음에 드는지 칭찬이 줄을 이었다. 김희진이 이어 문미영에게도 악보를 보여주니 문미영도 천천히 악보를 보고는 괜찮다며 바로 해보자며 드럼에 앉았다.

"형. 작곡해 본 적 없으시다면서요? 우리도 이거 많이 막혔던 부분인데……."

"교수님 도움을 받았잖아."

강윤은 구형석의 칭찬을 가볍게 넘겼다. 모두가 마찬가지로 강윤이 준 악보에 호의적이었다.

그때, 밖에 있던 이현아가 들어왔다.

"현아야. 이 악보 볼래? 강윤 오빠가 가져온 건데 완전 괜찮다?"

"네?"

김희진의 말에 이현아는 악보를 받아 들었다. 강윤이 빼앗다시피 가져간 자신의 악보였다. 그녀는 강윤과 악보를 번갈아가며 바라보았다.

"어때? 좋지?"

"아, 네. 좋네요."

"그럼 연습해 보자. 아, 오랜만에 시원한 연주할 수 있겠는데?"

김희진이 이현아를 보컬의 자리로 잡아끌고, 자신은 베이스를 꺼내 맸다. 모두가 자리에 착석하자 힘 있는 연주가 시작되었다.

연습이 끝나고, 강윤은 천천히 집으로 향하고 있었다.

'노래 좋네.'

연습 때 보았던 강렬한 하얀빛은 아직도 강윤의 앞에 아른거렸다. 모두가 그 효과에 매료되었는지 연신 강윤에게 대단하다며 난리도 아니었다. 물론, 강윤은 자신의 곡도 아니었기에 무심히 넘어갔지만…….

역에서 지하철을 기다리는 데 익숙한 얼굴이 그를 기다리고 있었다.

"오빠."

"현아야."

악보의 주인, 이현아였다. 이미 몇 대의 지하철을 보냈는지 역에는 그녀 혼자 있었다.

"기다리고 있었어요."

"먼저 가지 않고선."

강윤은 최찬양 교수와 커피 타임을 갖느라 다른 사람보다 늦게 귀가 중이었다.

"인사는 해야 할 것 같아서요. 고맙습니다. 제 노래를 쓸 수 있게 해주셔서……."

이현아는 꾸벅 강윤에게 인사했다. 그러나 강윤은 마음에 들지 않는지 고개를 흔들었다.

"이런 인사 받고 싶지 않아. 난 네가 직접 말하길 바랐어."

"……죄송해요."

"앞으로도 이런 일들이 많을 텐데, 같은 일이 생기면 계속 이럴 거 아냐. 나한테 죄송한 게 문제가 아니지."

강윤의 말은 따가웠다. 이현아는 할 말이 없었는지 고개를 푸욱 숙였다.

"난 내가 살펴본 노래가 묻히는 게 싫어서 말한 것뿐이야. 엄밀히 말하면 고마워할 이유는 없어. 다만 한마디 하자면 앞으로는 이렇게 피하지 않으면 한다."

"네. 그래도 제 곡을 할 수 있게 해 주셔서…… 감사합니다."

"이게 네 곡이라는 건 네가 직접 말하도록 해."

강윤이 독하게 말을 하긴 했지만, 그녀는 진심으로 그에게 감사했다. 강윤이 아니었으면 계속 마음으로 괴로워했을 것이다. 곡이 어떤지 봐주고, 행동까지 해준 강윤의 호의는 결코 가벼운 게 아니었다.

"……그래. 휴, 잔소리도 이 정도면 되겠지. 내 가수도 아니고."

강윤은 이만하면 됐다고 생각하곤 지하철에 올랐다. 이현아도 그를 따라 옆에 앉았다.

지난주와는 다르게 두 사람은 말이 없었다. 이현아는 휴대전화를 꺼내 들었고 강윤은 조용히 눈을 붙였다. 아무도 없는 지하철 안은 두 사람에게 휴식을 제공했다.

그런데 강윤의 휴대전화가 요란하게 진동을 울렸다. 최찬양 교수의 전화였다. 강윤이 간단하게 인사를 하니 곧 상대방이 용건을 이야기했다.

─오늘 주신 곡이 워낙 좋아서 우리만 듣기 아깝더군요. 그래서 이 곡으로 대회라도 나가 보려 합니다. 괜찮으십니까?

"대회요? 대회라. 재미있겠네요. 괜찮습니다."

강윤은 이현아 본인이 이야기할 때까지 곡이 그녀의 것이라는 말을 하지 않을 생각이었다. 자신의 권리는 스스로 찾아야 하는 법이었다. 강윤은 '어디까지 가나 보자'라는 생각에 승낙했다.

─감사합니다. 방금 신청서 넣었어요.

"이야, 응원 가야겠네요. 무슨 대회인가요?"

강윤은 부담 없이 가볍게 물었다. 그런데, 그의 예상과는 달리 휴대전화에서 상상도 하지 못한 엄청난 말이 들려왔다.

─대학가요제예요.

"……네에? 잠깐만요. 죄송한데 한 번만 더 말씀해 주시겠어요?"

─대학가요제요.

갑자기 불어닥친 전국구 대회의 위엄에 강윤은 어안이 벙벙해졌다.

6화

첫선을 보이다

—저희가 베이스를 만들긴 했지만, 곡을 이렇게 완성한 분은 강윤 씨잖아요. 원래는 허락을 받고 넣었어야 하는데, 시간이 촉박해서……. 죄송해요.

"아닙니다. 좋은 기회인데요. 저도 시간이 되면 꼭 응원 가도록 하겠습니다."

강윤은 통화를 마치고 멍하니 휴대전화만 보고 있는 이현아에게 눈을 돌렸다.

"네 곡으로 대회 나간다네."

"대회요?"

이현아는 딴짓하고 있었지만, 귀는 열어두고 있었다. 강윤이 놀라는 모습부터 대회라는 말까지, 이현아는 무언가 심상치 않다는 걸 느꼈다.

"네가 완성한 곡으로 대학가요제에 나간대."

"……."

"현아야?"

"……."

이현아가 멍하니 있자 강윤은 몇 번 더 그녀를 불렀다. 밀어도 보고 찔러도 보았지만, 반응이 없었다. 눈만 껌뻑거리던 그녀는 잠시 후…….

"에에에에에에엑?!"

곧 주변이 쩌렁쩌렁 울릴 만큼 엄청나게 반응을 했다. 주변에 사람이 없어 시선을 끌진 못했지만, 강윤은 놀라 주변을 두리번거렸다. 마치 형광등 같았다.

"얘가 사람 놀라게."

"대대대대대…… 대학가요제요?!"

"응. 교수님이 좋게 보신 모양이야."

"거기에 나간다고요?! 제 노래로?!"

그녀는 가슴에 뭔가가 밀려오는 기분이었다. 당혹, 황당, 기쁨, 뭐라 한마디로 표현하기 힘들었다. 그런 그녀에게 강윤은 최찬양 교수에게 들은 자초지종을 설명해 주었다.

"대학가요제는 30년도 더 된 큰 대회잖아요?! 사람도 아주 많이 올 텐데……."

"그게 어때서? 자작곡 조건 갖췄고, 밴드고. 조건 딱 맞는데?"

"아아……. 난 몰라."

그녀는 숫제 고개를 푹 숙이곤 일어날 줄을 몰랐다. 밀려오는 폭풍은 감당하기가 쉽지 않았다. 그 마음을 아는지 모르는지, 강윤은 그녀의 등을 다독여 주었다.

"큰 대회든 작은 대회든 기본은 같아. 준비를 충실히 하면 안 될 게 없어. 철저히 준비하면 가능성이 있어. 교수님이 알지는 모르겠지만 네 노래가 괜찮다는 말이잖아? 좋은 거 아니냐?"

"……."

"뭐, 오늘같이 겁쟁이질만 하면 그런 거 다 소용없겠지만."

물론, 강윤의 다독임은 가시가 함께 있었다.

이현아는 등에서 느껴지는 온기를 느끼며 조금씩 마음을 다져갔다.

"여기 뭐래?"

"우와……."

정민아와 에일리 정은 처음 와본 지하 스튜디오를 보며 놀라움을 금치 못했다. 서한유와 이삼순도 그녀들과 마찬가지 심정이었다.

"어린것들……."

그런 그녀들에게 크리스티 안이 찬물을 끼얹었다.

"딱 한 번 먼저 왔다고 잘난 척은."

"0과 1이 같냐?"

정민아와 크리스티 안이 티격대고 한주연이 한숨을 쉬는 상황이 벌어졌다. 티격대는 게 최강자결정전으로 번질 즈음, 강윤과 작곡가 로인, 오지완 프로듀서가 들어왔다.

"안녕하십니까?"

소녀들의 힘찬 인사에 오지완 프로듀서가 그윽한 미소로 화답했다.

"애들이 좋긴 좋네요."

"으, 오빠. 하여간 애들이라면……. 침 떨어진다, 침."

"순이야. 너도 우리 남자애들 좋아하잖냐."

"나야 복근 있는 애들만 좋은 거지. 근데 왜 자꾸 본명 부르는데? 회사에서 로인이라고 부르랬잖아."

오지완 프로듀서와 로인 작곡가도 전투 준비를 하고 있었다. 물론, 준비만.

모두가 그렇게 오늘 있을 곡 선정과 녹음을 준비했다. 이미 스튜디오 부스 안에는 마이크 6개를 비롯해 장비 세팅은 끝나 있었다.

강윤은 소녀들에게 오늘 할 것들을 이야기해 주곤 부스 안에 들어가게 했다.

"1번부터 시작해 보자."

오지완 프로듀서는 오른쪽 끝에 있는 한주연부터 세팅에 들어갔다. 주아와 다르게 세팅이 되어 있지 않아 목소리 세팅을 새로 해야 했다.

"아아! 마이크 테스트– 나의 살던 고향은~"

한주연을 시작으로 마이크 세팅에 들어갔다. 오지완 프로듀서는 모두의 목소리가 잘 맞는다며 만족해했다. 강윤은 그의 뒤에 서서 과정들을 지켜보았다.

6명이나 되다 보니 세팅 시간이 오래 걸렸다. 세팅은 오래 걸렸지만 녹음에 들어갈 소리이기에 강윤은 신경을 많이 썼다.

"시작할까요?"

오지완 프로듀서는 세팅이 끝나자 강윤에게 물었다. 강윤의 지시가 떨어지자 MR이 스튜디오에 흘러나오기 시작했다. 파트를 나누지 않아 일단 모두가 함께 부르기로 이야기를 해놨다.

소녀들은 박자를 세고 한목소리로 노래를 시작했다.

–어느 날– 늦은 저녁에 갔던 그 공원. 하얀 목마 타고 돌아올 때면~

첫 노래는 '우리 이야기'였다. 강윤은 소녀들에게서 나오는 음표를 주의 깊게 보기 시작했다.

'무난하네.'

노래가 진행되었지만 크게 눈에 띄는 점은 없었다. 노래의 가벼운 분위기와 소녀들 특유의 활기찬 목소리가 결합해 좋은 분위기를 내고 있었다.

'이 노래가 과거에 실패한 원인이 뭘까?'

노래가 절정으로 흐를수록 강윤은 의문이었다. 하얀빛은 약하지 않았고 소녀들이 내는 음표에도 특별히 이상이 없었다. 말 그대로 무난했다.

"이야, 노래 잘 뽑았는데?"

"당연하지. 무려 이 팀장님 요청인데 힘 좀 썼지."

오지완 프로듀서의 말에 로인 작곡가는 씨익 웃었다. 칭찬에 만족하는 모습이었다.

그렇게 훈훈하게 첫 곡이 끝났다.

–팀장님. 저희 노래 괜찮아요?

부스 안에서 한주연이 물었다. 강윤은 마이크에 대고 바로 답해주었다.

"나쁘지 않네. 목소리도 잘 맞는 것 같아. 바로 다음 걸로 넘어가도 될까?

–네.

소녀들의 컨디션도 좋았다. 모두가 잠시도 가만히 못 있는 모습이 힘이 넘치는 듯했다. 이어 다음 곡이 준비되자 오지완 프로듀서는 신호를 보냈고 소녀들은 곧 자세를 바로 했다.

곧 두 번째 노래, '함께하자'가 시작되었다.

–눈을 뜰 때면 상큼한 햇살이 나를 반기고, 하루의 설렘

들이 함께하죠~

이번에도 마찬가지였다. 조금 전의 발랄함과는 완전히 다른 느낌이었지만 이번에 보이는 빛도 크게 다르게 느껴지지 않았다. 하얀빛은 꾸준했고 끝까지 유지되었다. 오지완 프로듀서나 오린 작곡가나 눈까지 감고 소녀들의 목소리를 감상하고 있었다.

3분이 넘는 노래가 끝이 나고 소녀들이 나왔을 때, 강윤은 모두를 불러 모았다.

"이번에는 파트대로 해보자."

"네?"

갑자기 파트라니, 강윤의 말에 모두가 의아했다.

"너희 전부가 모든 파트를 다 같이 부르니 합창 같네. 느낌을 모르겠어. 이번에는 제대로 파트를 나눠서 해보자. 보면 로인 선생님이 적어주신 부분 있지?"

"네."

"처음에는 한유구나. 한유부터⋯⋯."

로인 작곡가가 나눈 대로 강윤은 소녀들에게 파트를 배분했다. 그리고 맞지 않는다 생각한 부분은 일부 변경하거나 두 명을 묶기도 했다. 소녀들의 이야기도 들어가며 두 곡의 파트를 나눈 후 강윤은 소녀들을 다시 부스 안으로 들여보냈다.

"시작한다."

강윤의 신호와 함께, 다시 노래가 시작되었다. 이번에는 서한유의 목소리가 먼저 스튜디오에 울려 나갔다.

－어느 날－ 늦은 저녁에 갔던 그 공원. 하얀 목마 타고 돌아올 때면~

처음과는 다른 음표들을 보며 강윤은 집중했다. 서한유에게서 노란 음표가 나오며 빛을 만들고 있었는데 아까의 빛보다 좀 더 강했다. 처음에 약하게 들어왔어야 하는 부분이었는데 단체가 하니 너무 세게 나온 탓이었다.

서한유의 소절이 끝난 후 이어 이삼순이 받았다.

－내 마음이 사랑이라면 이 모습도 아껴주기를~

이삼순의 목소리는 낮지도, 높지도 않았지만, 힘이 있었다. 분위기를 끌어올리는 데는 제격이었다. 그 영향인지 그녀의 음표가 빛에 섞이자 빛이 힘을 받기 시작했다. 강윤은 기록해 가며 계속 소녀들을 지켜보았다.

'우리 이야기'는 좋았다. 강윤이 왜 이 노래가 실패했는지 이해가 가지 않을 정도로 소녀들에게 딱 맞는 노래였다. 멤버가 바뀌었다고 하지만 이 정도로 노래가 잘 맞을 줄은 생각도 하지 못했다.

노래가 끝나고, 로인 작곡가와 오지완 프로듀서가 하이파이브하고 있을 때 강윤은 다음 곡으로의 진행을 서둘렀다.

"네, 네."

오지완 프로듀서는 다음 곡 '함께하자'의 MR을 내보냈다. 이번에 첫 소절은 에일리 정이었다.

-눈을 뜰 때면 상큼한 햇살이 나를 반기고, 하루의 설렘들이 함께하죠~

에일리 정의 저음이 점점 커져갔다. 소녀들 모두가 놀랄 정도였다. 오지완 프로듀서도 놀랐는지 기계에 표시되는 음이 올라가는 정도를 보며 혀를 내둘렀다.

'에일리는 확실히 저음이 듣기 좋아.'

재즈에서나 들을 법한 울리는 저음에 강윤은 만족했다. 개인의 특성에 맞춰 연습 스케줄을 따왔던 보람이 있었다. 만족할만한 성과가 하나둘씩 보이니 기분이 좋았다.

이어지는 소절은 한주연이었다.

-나도 모르게 날 수줍게 하는 그 미소, 좋은 일 있을 것 같아~

한주연은 고음도 잘 처리했지만, 중간 소절을 위로 끌어올리는 역할도 잘했다. 그러나 강윤은 조금 아깝다는 생각도 들었다. 차라리 저 부분에 정민아가 들어가면 어떨까 하는 생각이 들었다.

한주연만 너무 부각되면 다른 멤버가 묻힐 거 같아 걱정이 되었다. 정민아의 춤이 모두를 눌러 버리지 않도록 밸런스를 조절하는 것과 같은 이치였다.

소녀들에게서 나오는 빛은 강렬했다. 조금 전, '우리 이야기'를 부를 때도 하얀빛은 강했다. 그런데 이번 노래도 만만치 않았다. 크리스티 안이 절정을 강조할 때, 한층 더 강해지는 빛은 강윤을 더 고민에 빠지게 하였다.

　-우리 좋은 일만 생각해요~

　모두의 목소리와 함께 노래가 끝났다. 강렬했던 빛은 천천히 사그라졌고 강윤은 모두에게 수고했다며 나오라 지시했다.

　"이야, 순이. 두 개 다 잘 뽑았네?"

　"덕분에 머리에 쥐가 나긴 했지. 그래도 이 팀에서 일하면 이건 확실하잖아? 그런데 자꾸 순이라니? 싸우자는 거야?"

　"크크. 이번에 돈맛 제대로 보겠네."

　로인 작곡가는 돈 세는 시늉을 하다 오지완 프로듀서에게 달려들 기세였다.

　오지완 프로듀서나 로인 작곡가나 이번 프로젝트의 느낌이 좋아 기분이 좋았다.

　"두 곡을 해봤는데 어땠어?"

　강윤이 소녀들에게 묻자 모두가 이구동성으로 말했다.

　"둘 다 좋았어요."

　자신들만의 노래라는 것에 환상이 있었는지, 소녀들은 모두가 한결같이 좋아했다. 강윤은 그 기분을 이해하면서도 냉정하게 이야기했다.

　"타이틀곡을 정해야 해. 쇼케이스에서야 둘 다 보이겠지만, 그래도 사람들 앞에서 보이는 노래는 정해야지. 어떤 곡이 나을까?"

"흐음……."

그러나 누구 하나도 쉽게 답하지 못했다. 둘 다 마음에 들었다. 매일 옷을 빌려 입다가 처음으로 예쁜 맞춤복을 입은 느낌이었다.

모두가 서로의 얼굴만 보며 고르지 못할 때, 강윤은 생각했다.

'팀 멤버가 내 과거와 바뀌어서 그런 걸까. 우리 이야기도 나쁘지 않아.'

강윤은 데뷔곡인 '우리 이야기'는 안 좋고 '함께하자'가 명확하게 좋을 줄 알았다. 그런데 막상 뚜껑을 열어보니 둘 다 박빙이었다. 그렇다면 안무, 조명 등 모든 여건을 종합적으로 고려하고 데뷔 콘셉트에 맞춰 결정하는 것도 한 방법이었다.

"얘들아."

강윤이 모두를 부르자 시선이 집중되었다.

"이렇게 하자. 둘 다 연습을 하고, 타이틀곡은 나중에 정하는 거로 하자. 둘 다 연습을 해두면 나중에 행사 다닐 때도 유리할 테니 좋을 거야. 어때?"

"알겠습니다."

강윤의 말에 정민아가 제일 먼저 답을 했다. 뒤이어 소녀들도 힘차게 대답했다.

"그럼 잠시 쉬었다가 녹음에 들어가자. 오 PD님. 잠시 쉬었다 가실까요?"

"네."

강윤의 말과 함께 모두가 소파와 의자에 빨래에 빙의해 널
브러지기 시작했다. 사실, 소녀들은 긴장에 피로가 많이 쌓
였었다.

드디어 소녀들이 모두 공개되었다. 멤버들 각각이 모두 다
른 방식으로 공개되었고 그 방식에 따라 반응들도 다양했다.
데뷔도 하지 않았건만 팬클럽이 만들어지면서 우군이 생겼
고 여러 기사가 나오면서 확실히 반응이 오기 시작했다. 연
습생 때부터 팬클럽이 만들어진 건 모두가 예상치 못한 의외
의 일이었다.

물론 안티팬들도 있었다. 안티팬들은 각종 유언비어를 만
들어내며 얘는 이래서 싫다. 저래서 싫다 등의 이야기를 만
들어냈다.

그러나 회사에서 철저하게 사생활을 관리했고 특히 소문
의 근원지라 할 수 있는 SNS 활동은 금지하다시피 했다. 소
문은 대부분 근본 없는 말들이 많았다. 사진이라 봐야 방송
자료나 학교에서의 일상, 졸업앨범 외에는 나오지 않아 뜬소
문들은 며칠 가지도 못했다. 모든 망을 켜놓고 관리하는 강

윤의 공이 컸다.

정민아가 댄스대회에서 우승을 한 날, MG엔터테인먼트 홈페이지를 통해 정민아가 공개되며 그녀를 비롯한 모두의 프로필이 한데 묶였다. 그리고 6명의 소녀가 한 대 묶여 'EDDIOS'라는 정식 그룹명이 생겼다.

팬카페에 링크되었고 연습실 사진을 비롯한 간단한 자료들이 올라가기 시작했다. 이런 반응에 팬들은 자발적으로 에디오스라는 그룹을 홍보하기 시작했고 안티팬들도 몇몇 자료들을 근거로 전쟁을 시작했다. 달궈지는 열기에 관망하는 사람들은 팝콘을 들며 관람하기에 바빴고 여론은 여론대로 기사를 다루며 인터뷰를 원하고 있었다. 말 그대로 화제가 만들어지고 있었다.

의도한 대로 화제를 만드는 데 성공한 강윤은 홍보팀에 많은 신경을 쓰고 있었다.

"……그럼 지금처럼 주시해 주십시오."

"네."

"오늘은 업무들은 조기 마감하시는 거 알고 계시죠?"

"걱정 마십시오."

홍보팀과의 회의가 끝나고, 강윤은 옥상으로 향했다. 종일 일만 하려니 지쳐 몸이 급히 니코틴을 원했다. 그런데 옥상에 올라오니 담배 대신 휴대전화가 울려댔다. 모르는 번호라 받을까 말까 망설이다가 전화를 받았다.

"네, 이강윤입니다."

―강윤 오빠? 저 이현아예요.

"현아?"

밴드를 하는 그 이현아였다. 번호를 알려 준 적이 없는데, 강윤은 의아했다.

―교수님한테 번호 물어봐서 전화했어요. 죄송해요. 이러면 안 되는 거 아는데…….

"무슨 일이야?"

최찬양 교수가 번호를 함부로 가르쳐 줄 사람은 아니었다. 그런데도 가르쳐 주었다면 필시 이유가 있을 게 분명했다.

―저희 대학가요제 예선 통과했어요. 빨리 알려드리고 싶어서 연락드렸어요.

"그래? 축하해. 진짜 예선 통과한 거야?"

강윤은 진심으로 놀랐다. 대학가요제는 전국에서 내놓으라는 젊은 음악인들이 모여 자웅을 겨루는 대회다. 전국에서 수많은 팀이 나갔을 텐데 통과라니. 진심으로 감탄했다.

―저도 아직 믿기지 않아요. 지난주에 오시면 알려드리려고 했는데 어제 연습실에 못 오셨잖아요. 전화라도 해야겠다고 생각했어요.

"그래? 연락해줘서 고마워. 본선이라니……. 축하해."

―감사해요. 요즘 많이 바쁘시다 들었어요. 그래도 공연 땐 꼭 시간 내주세요.

강윤은 알았다 하곤 통화를 마쳤다.

'대단하네. 본선이라니.'

작은 도움 하나에 대학가요제 본선이라니. 생각할수록 강윤은 당혹스러웠다.

하나 남은 돛대의 맛을 느낀 강윤은 사무실이 아닌 L호텔로 향했다. 그곳에서 관계자와 회사 사람들 앞에 소녀들을 처음으로 선보이는 날이었다.

"어서 오십시오."

호텔에 도착한 강윤은 정중한 안내를 받으며 쇼케이스가 열리는 크리스탈룸으로 향했다. 그곳에는 이미 손님들을 위한 원탁들이 세팅되어 있었고 소녀들의 공연을 위한 무대도 설치되어 있었다. 아직 시간이 덜되었기에 음식은 놓지 않은 상태였다.

강윤은 바로 소녀들이 대기하고 있는 대기실로 향했다.

"어? 아저…… 장님이다."

"무슨 말이야."

정민아가 가장 반갑게 강윤을 맞아주었다. 소녀들은 이미 무대 화장에 한창이었다.

소녀들 숫자가 많아 회사 내 메이크업 아티스트들뿐만 아니라 외부에서도 불러와 총동원되어 있었다. 머리는 물론 복장까지, 풀 세팅이 이루어지고 있었다. 그녀들 옆에는 굽 높은 힐이 빨리 신어달라며 기다리고 있었다.

"아, 긴장되네요……."

서한유가 그녀답지 않게 투정 어린 목소리로 이야기하자 옆에서 크리스티 안이 시크하게 받았다.

"안 어울려."

"언니는. 저도 긴장해요."

"거짓말. 천하의 서한유가?"

대기실은 시장통이었지만 묘한 긴장이 흐르고 있었다. 강윤은 모두에게 주목하라 말하곤 차분히 말했다.

"이제 본궤도에 진입한 거야. 그동안 열심히 했지?"

"네에……."

"많은 사람이 올 거야. 다른 회사 사람들부터 기자들까지. 오늘 이야기는 밖으로 나갈 거고 그걸 바탕으로 많은 사람이 여러 가지 이야기를 하겠지."

"……."

강윤의 말에 모두가 긴장했다. 사람들의 입에 오르내리는 일은 겁나는 일이다. 특히 에일리 정은 겁이 많이 났는지 몸을 가늘게 떨고 있었다.

"아직 데뷔도 하지 않았는데, 여러 가지 말들이 많아서 힘들 거야. 가혹하다 느낄 수도 있어. 우린 데뷔도 안 했는데 왜 그런 말을 하는 거야? 욕할 수도 있을 거야. 하지만 이제부터 눈앞에 펼쳐질 현실이야. 난 이 현실을 너희가 있는 그대로 받아들였으면 좋겠어."

"……."

소녀들 모두가 묵묵히 고개를 끄덕였다. 조금 전의 왁자지껄한 분위기는 온데간데없었다. 한순간에 묵직해진 분위기는 모두를 짓눌렀다.

그때, 정민아가 말했다.

"아저씨는 항상 우리 편이죠?"

"……."

"맞죠?"

정민아는 강윤을 뚫어지게 바라보았다. 아니, 그녀뿐만이 아니었다. 모두가 정민아의 입을 빌려서 강윤에게 묻고 있었다.

"당연한 걸 묻고 그러냐."

"그럼 됐어요. 안티팬 백만 명보다 아저씨가 더 세다는 거 알아요."

"무슨 셈법이야? 그리고 자꾸 떠들래?"

"윽……."

소녀들이 정민아 덕에 킥킥거렸다. 그 덕에 묵직했던 분위기가 한순간에 가벼워졌다. 강윤은 정민아에게 이런 면이 있었나 하는 생각이 들었지만 대견했다. 물론…….

"아얏!"

꿀밤 한 대는 먹여주었지만 말이다.

"하이고, 회장님."

"오랜만입니다, 강시명 사장."

은은한 음악이 흐르는 가운데, 원진문 회장은 한 덩치 큰 남자를 반갑게 맞고 있었다. 그는 한국 4대 기획사 중 하나인 예랑엔터테인먼트의 강시명 사장이었다. 원진문 회장의 정장과 다르게 그는 찢어진 청바지에 소매 없는 티를 입고 있었다.

"에디오스라고 했나요? 이번에 나오는 애들에 사람들 관심이 엄청나더군요. 데뷔도 전에 팬클럽 규모가 상당하더군요."

"하하하. 일단 앉지요."

원진문 회장은 강시명 사장을 자리로 안내했다. 두 사람이 같이 앉으니 주변에서 쉽게 접근을 하지 못했다. 그러나 이들이 앉은 테이블에 가까이 다가온 이가 있었다.

"허허, 어서 와요. 추만지 사장."

추만지 사장은 원진문 회장에게 정중히 인사하곤 그의 옆에 앉았다. 역시 4대 기획사 중 하나인 윤슬엔터테인먼트의 사장이었다. 강시명 사장과는 다르게 마른 체격의 소유자였다.

거물 세 사람이 한 테이블에 앉으니 아무도 접근을 하려 하지 않았다. 마지막 남은 4대 기획사인 GNB엔터테인먼트의 부사장이 와서 '사장이 외국에 있어 오지 못한다'는 이야기를 전하며 대신 앉으니 무게감이 한층 더해졌다.

그렇게 테이블이 하나하나 차고 분위기가 무르익어 갈 때, 방송이 나왔다.

–존경하는 귀빈 여러분, 곧 MG엔터테인먼트의 신인 걸 그룹 EDDIOS의 쇼케이스가 있을 예정입니다. 모두 착석해 주시길 부탁드립니다. 다시 한 번…….

한창 대화를 나누던 추만지 사장은 화이트 와인을 들었다.

"회장님, 오늘 많이 기대하고 왔습니다."

강시명 사장도 여유 있는 미소로 말했다.

"저 역시 기대 중입니다. 어떤 애들인지."

원진문 회장은 그들에게 푸근히 화답했다.

"부끄럽게 이러지 맙시다. 자, 시작하네요."

그의 말과 함께 사방이 어두워지며 무대 조명에 불이 들어오기 시작했다.

점잖은 사람들의 박수와 함께 6명의 소녀가 무대 위로 올라왔다. 브이 자형으로 소녀들이 대열을 맞추고 준비를 끝내자 AR이 나오기 시작했다. 아직 MR 무대보다 AR 무대를 보이는 게 낫겠다는 강윤의 판단에 의해서였다.

정민아를 센터로 해서 힐을 신은 소녀들의 활기찬 춤이 시작되었다. 셔터가 연신 터지고 업계 관계자들도 휴대전화로 몰래몰래 촬영하며 관계자들은 각자의 방법으로 무대에 집중했다.

크리스탈 룸 입구 쪽에서 강윤은 이현지 사장과 이 모습을 지켜보고 있었다.

"준비를 많이 했군요."

이현지 사장은 지금까지 보여준 적 없는 걸그룹의 격렬함에 놀랐는지 놀라움을 표했다.

칼 같은 군무는 말할 것도 없었다.

힐을 신고도 격렬한 움직임도 수월하게 소화하는 소녀들은 놀라움의 극치였다. 강윤이 지독하게 연습을 시킨 보람이 있었다.

그러나 강윤은 아직 멀었다며 고개를 저었다.

"AR입니다. 지금 보여주는 정도로는 안 됩니다."

"저런 안무를 라이브로 소화하겠다는 말인가요? 쉽지 않을 텐데……. 주아 정도 되면 가능하겠군요."

이현지 사장은 강윤이 무섭다 느껴졌다.

안무와 함께 라이브를 소화할 수 있는 가수는 그리 흔하지 않다.

연습생들을 아무리 쥐어짜도, 한계라는 게 있을 텐데…….

강윤과 이현지 사장이 걸그룹에 관해 이야기를 나누고 있을 때, 추만지 사장이 천천히 다가왔다.

"허이고, 현지야."

강윤의 묵례를 가볍게 받은 그는 이현지 사장에게 손을 내밀었다.

"오랜만이에요, 추 사장님."

"사장님 소리는. 그냥 옛날처럼 오빠라 불러."

"여긴 공적인 자리입니다, 추만지 사장님."

"재미없게. 그래그래, 이, 사장님. 잘 지냈어?"

그제야 이현지 사장은 손을 내밀어 그의 손을 잡았다. 소녀들의 화려한 퍼포먼스가 계속되는 가운데 추만지 사장이 감탄사를 이어갔다.

"대단해. 저 정도 애들이면 못해도 5년 이상은 준비했겠는데? 애들 잘 묶었네. 그림 나온다."

"칭찬 고마워요."

"이야, 볼수록 그림 나오네. 세레니를 잇는 계보구만."

추만지 사장은 칭찬을 아끼지 않았다. 그러면서도 그는 은연중에 이현지 사장의 눈치를 보고 있었다. 그러나 이현지 사장은 아는지 모르는지 별말을 하지 않았다. 쓸데없는 말을 흘릴 이유가 없다는 판단에서였다.

어느새 소녀들의 노래가 끝이 났다. 사람들의 박수가 이어졌고 이어 다음 곡이 이어졌다. 역시 AR 무대였다. 무대를 지켜보며 추만지 사장이 아쉽다며 한마디 했다.

"잘하는데, 라이브를 못 듣는 게 아쉽군. 목소리도 들어보고 싶은데."

"저런 안무를 소화하면서 라이브는 무리니까요. 힐을 신고 저런 퍼포먼스를 추면서 라이브까지 하는 건 무리죠."

"하긴. 그런데 말이야, 이렇게 관계자 쇼케이스를 크게 하는 걸 보니 곧 데뷔하겠네?"

추만지 사장은 웃고 있었다. 그러나 그 웃음 속에 무언가가 있었다. 강윤은 그가 이현지 사장을 떠본다는 것을 알 수 있었다. 어찌 보면 당연했다.

'추만지. 윤슬 엔터테인먼트 사장이다. 한국의 4대 엔터테인먼트 중 하나를 이끄는 수완이 대단한 사람이야. 무슨 의도가 있는 걸까?'

강윤은 의문이었다. 원래 대범하며 모험 정신이 강한 사람이었다. 사람들은 그가 무대뽀에 밀어붙이기만 하는 줄 안다. 그러나 그는 철저하게 계산하며 행동하는 머리가 좋은 사람이었다. 분명히 지금 그의 질문에도 이유가 있을 거라 강윤은 생각했다.

"데뷔라. 오빠는 회사 기밀을 다른 곳에 이야기하나요?"

"후. 그러네. 미안. 내 생각이 짧았네."

이현지 사장이 정색하며 나오자 그제야 그가 한 발자국 물러났다. 그러나 강윤의 표정은 그리 좋지 않았다. 그가 잠깐 웃는 모습을 봤기 때문이었다.

'우리가 곧 데뷔한다는 확신을 얻었겠군. 무엇을 노리는지는 모르……. 잠깐.'

윤슬엔터테인먼트에서도 오랜 기간 준비해 온 걸그룹이 있었다. 에디오스와 같은 시기에 데뷔하는 4인조 걸그룹 다

이아틴이었다. 강윤의 과거에서 에디오스는 데뷔 초기, 처참하게 실패하게 되는데 그 원인 중 하나가 다이아틴과 자꾸 비교당한 데 있었다.

'다이아틴은 에디오스와 아예 같은 무대에서 데뷔했지 아마? 처음에는 인기도 더 엄청났어. 중간에 각종 스캔들과 공백 기간이 길어지는 바람에 에디오스에게 자리를 내줬지만 말이야. 이거 경계해야겠는데?'

과거를 생각한 강윤은 추만지 사장을 경계했다. 강윤으로 인해 미래가 틀어지고 있었지만, 아직 영향을 받지 않은 일들은 그대로 일어나고 있었다. 아니, 오히려 더 얽혀 예상치 못한 일들도 일어날 가능성도 있었다. 강윤은 차분히 나섰다.

"제가 한 말씀 드려도 되겠습니까?"

강윤이 나서자 추만지 사장은 날 선 눈을 감추지 않았다.

"이 사장, 저 직원은 낄 자리 못 낄 자리 구분을 못 하는 것 같은데?"

매우 무례한 말에 이현지 사장은 강하게 반응했다.

"그래요? 후회할 텐데."

"이 사장. 공적인 자리에서는 같은 급이 이야기해야지, 이건 아니지."

강윤은 처음부터 생무시를 당했지만, 조용히 기다렸다. 원래 추만지 사장이 강한 자에게 약하고 약한 자에게 더 강하다는 걸 알고 있었다. 그러나 지금, 강윤은 이 자리에서 무시당하지 않을 자신이 있었다.

아니나 다를까, 이현지 사장이 조소를 머금었다.

"추만지 사장의, 이강윤이라는 이름 들어보셨습니까?"

"이강윤? 잘 알지. 최근에 가장 핫하게 떠오르는 이름이잖아. 주아부터 세디, 시즌스에 디에스까지……. 아, 그러고 보니 오늘 안 왔나? 사실은 제일 보고 싶었는데."

"눈앞에 있잖아요."

추만지 사장의 얼굴에 황당함과 당혹스러움이 단번에 드러나 버렸다. 두리번거리는 그에게 툭 한마디 내뱉는 이현지 사장의 모습에 강윤은 웃음이 나올 뻔했다. 그녀에게 이런 해학이 있을 줄은 생각지도 못했다. 그러나 그건 잠시. 강윤은 아무렇지도 않게 장단을 맞췄다.

"안녕하십니까. 이강윤입니다. MG엔터테인먼트에서 총괄기획팀장을 맡고 있습니다."

"……."

추만지 사장은 할 말을 잃어버렸다. 최근 가장 핫한 인물에게 제대로 실수를 해버린 것이다. 그는 민망해졌다.

'아씨…….'

그는 결국 연신 헛기침을 하더니 화장실을 다녀오겠다며 자리를 비워 버렸다. 그 뒷모습을 보며 이현지 사장과 강윤은 풋 하며 웃음을 터뜨렸다.

"쿡쿡. 이 팀장하고 있으니 이런 재미도 느끼게 되는군요."

"저도 이런 즐거움을 느끼게 될 줄은 몰랐습니다. 그런데 추만지 사장이 저런 사람일 줄은 몰랐습니다."

"위치에 맞는 사람은 확실히 대우해 주는 사람이긴 하죠. 항간에는 대인으로 알려졌는데 실상은 그닥······."

이현지 사장은 고개를 휘휘 저었다. 강윤은 대번에 그 뜻을 알아들을 수 있었다.

어느덧 소녀들의 공연이 끝을 향해 달려가고 있었다. 소녀들의 격렬한 안무가 천천히 사그라지면서 강윤에게만 보이던 하얀빛도 천천히 사라지고 있었다.

"감사합니다!"

소녀들의 무대가 끝나고 박수가 이어졌다. 사람들은 거친 숨을 내는 소녀들에게 아낌없이 박수를 쳐주었다. 강윤도 대기실로 향하는 소녀들에게 힘찬 박수를 쳤다.

"이제 인사하러 다녀볼까요? 따라와요."

"네."

강윤은 이현지 사장과 함께 관계자들과 인사를 하기 위해 크리스탈룸을 돌기 시작했다.

호텔 안에 있는 샤워실에서 샤워를 마친 소녀들은 바로 크리스탈룸으로 달려왔다. 룸에는 이미 그녀들을 위한 식사가 준비되어 있었다.

"우와아아~!"

생전 처음 보는 스테이크부터 각종 고급 음식들에 모두가 침을 흘렸다. 그녀들은 식탁에 달려들다시피 하며 앉았고 칼질을 가장한 뜯기를 시작했다.

정민아는 정신없이 고기를 입에 넣다가 멀지 않은 곳에 있는 강윤을 발견했다. 그는 이현지 사장과 높은 분들에게 인사를 다니고 있었다.

'으......'

아무리 강윤바라기인 정민아라도 저런 철옹성을 뚫기란 쉽지 않았다. 그녀는 눈물을 머금고 포기하고 다시 고기로 눈을 돌렸다. 그러나 기회는 금방 왔다.

'어라?'

강윤이 이현지 사장에게서 멀어져 어디론가 가고 있었다. 기회를 포착한 정민아도 자리에서 일어났다.

"야, 어디 가?"

"똥 싸러."

"밥 먹는데 더럽게."

정민아가 크리스티 안에게 혀를 내밀며 한 번 놀려주곤 강윤을 따라 복도로 향했다.

강윤은 멀지 않은 곳에 있었다.

"아저......"

그런데 강윤은 혼자가 아니었다. 웬 찢어진 청바지를 입은 덩치 큰 남자와 함께 대화를 나누고 있었다. 정민아는 무슨 이야기를 하는지 궁금해 조용히 접근했다.

"오늘 준비하신 것들, 즐겁게 잘 봤습니다. 에디오스였나요? 멋진 아이들이더군요."

"칭찬 감사합니다."

덩치 큰 남자는 예랑엔터테인먼트의 사장 강시명이었다. 그는 강윤에게 명함을 건네며 호의를 보내고 있었다.

"오랜 기간 준비하신 것 같습니다. 우리 회사와는 확실히 색깔은 다르지만 좋은 가수가 될 거라 생각합니다."

"자꾸 칭찬해 주시니 감사할 따름입니다. 아직 멀었습니다."

"아니에요. 솔직히 전 놀랐습니다. 강윤 씨, 아. 이렇게 불러도 되겠습니까?"

"괜찮습니다."

"강윤 씨가 준비한 것들에 정말 많이 놀랐습니다. 파티 형식으로 관계자 쇼케이스를 준비한 것하며, 내용하며 새롭지 않은 게 없었습니다. 저희 기죽이려고 부른 건 아닐까 하는 생각마저 들었으니까요."

"하하하."

강윤은 그저 웃을 따름이었다. 그러나 한편으로는 이 사람이 무슨 생각으로 계속 칭찬을 하는지 경계했다. 대부분의 칭찬에는 이유가 있는 법이었다.

아니나 다를까, 그는 명함을 건네며 본론을 이야기하기 시작했다.

"제 명함입니다."

"이건 왜⋯⋯."

"당장은 아니라도, 나중에 쓸모가 있을지도 모릅니다. 그때 연락해 주십시오. 언제라도 열어 놓겠습니다."

많은 말을 하진 않았다. 그러나 그는 확실했다. 의도를 안 강윤도 자신의 의사를 표했다.

"죄송합니다만 전⋯⋯."

"압니다. 지금 자리에 만족하신다는 걸 말입니다."

"⋯⋯."

"하지만 미래는 알 수 없는 법입니다. 언젠가 제가 필요해질 순간이 올 수도 있습니다. 사람 일은 알 수 없는 법이니까요. 그때를 위해 넣어두십시오."

틀린 말은 아니었다. 받은 명함을 바로 버리는 건 예의가 아닌지라 강윤은 명함을 지갑 안에 넣었다. 호의를 보여주는 사람에게 악의로 답할 필요는 없었다.

"그럼 앞으로 에디오스의 좋은 활동 기대하겠습니다."

그는 용건을 마치고 복도를 걸어갔다. 큰 덩치만큼이나 존재감도 거대했다. 강윤이 잠시 명함을 꺼내 보고 있을 때 정민아가 우왁 하며 등장했다. 강윤이 깜짝 놀라 얼른 명함을 감추었다.

"아, 깜짝이야! 민아, 너구나."

"네. 접니다. 아저씨 그거……."

"봤냐?"

"……네. 우연히."

정민아는 이미 다 봤다고 솔직히 이야기했다. 다 봤다는데 강윤도 거짓말을 하진 않았다.

"비밀로 해줘."

"맨입으로요?"

"……장난하지 말고."

"쳇. 알았어요."

강윤이 정색하자 정민아는 툴툴대며 바로 알았다고 답했다. 그녀가 삐죽거리자 강윤은 당근도 함께 제시했다.

"밥 사줄게."

"……정무문 탕수육."

"양장피도 쏠게."

"앗싸!"

강윤은 한번 쏠 때 매우 후한 남자였다. 정민아는 그런 강윤에게 만세를 불렀다.

쇼케이스가 끝나고, 오랜만에 시간이 났다.

강윤은 한려예술대학으로 향했다. 학생회관 지하의 연습

실에 도착하니 밴드 리커버리가 구슬땀을 흘리며 연습에 몰두하고 있었다.

－나 이렇게 그대 곁에 있어, 지난날을 지나 희망의 돛을 펼쳐가~

강윤이 문을 여니 이현아의 목소리가 강하게 강윤의 귀를 자극했다. 이전의 의욕 없는 목소리와는 비교도 되지 않는 힘이 있었다. 베이스의 저음이 둥둥 울리며 드럼의 리듬과 어우러지며 강윤의 가슴도 함께 뛰게 하였다.

강윤은 사온 간식들을 의자 위에 놓고 최찬양 교수 옆에 앉았다.

－거친 바람에－내 눈물 흐르지만 이내 멈춘 것은 그대를 만난 순간~

이현아의 노래에 최찬양 교수도 어깨를 들썩이고 있었다. 본선에 진출했다니 그도 신이 났는지 분위기를 타고 있었다. 아니, 모두가 마찬가지였다. 연습은 힘들었지만 모두 기운이 넘쳤다.

노래가 끝나고 모두가 악기를 내려놓았다.

"감사합니다!"

모두가 한목소리로 강윤에게 고개를 깊이 숙였다. 그들은 이현아의 악보가 강윤이 준 악보로 알고 있었다. 대학가요제라는 기회를 준 강윤은 그들에겐 큰 은인이었다.

"아하하……."

"형님! 저희 잘해보겠습니다."

구형석은 강윤에게 힘을 주고 인사했다. 문미영이나 김희진도 강윤의 말이면 물도 떠주고 잔심부름이든 뭐든 다 해주겠다며 나섰다. 물론 강윤은 전혀 그럴 의사가 없었다. 그는 이현아를 바라봤지만, 그녀는 고개를 흔들 뿐이었다. 남의 공을 가로챈 기분이 들어 강윤은 난감했다.

잠시 쉬는 시간을 가진 후, 다시 연습이 시작되었다. 모두가 작곡과였지만 이번에 공연하는 곡만은 전문밴드의 뺨을 후려치는 수준을 보여주었다. 가장 두드러진 건 이현아였다. 그녀의 목소리는 특이하다는 것을 넘어 보컬리스트로서의 매력을 갖춰가고 있었다.

모두에게서 나오는 음표들을 보며 강윤은 이현아를 주목했다.

'이현아의 음표가 섞일 때 빛이 요동친다.'

강윤은 누구보다 확실히 알 수 있었다. 이미 밴드 리커버리의 빛은 굉장히 강력했다. 대학가요제의 밴드 수준이 어느 정도인지는 몰랐지만, 이 정도면 좋은 성적을 기대해도 될 것이라 강윤은 생각했다.

리커버리의 연습은 밤늦도록 계속되었다. 강윤도 더 머무르고 싶었지만, 출근으로 인해 일찍 나와야 했다. 최찬양 교수도 수업 준비가 있다 하니 강윤과 함께 귀갓길에 올랐다.

두 사람은 함께 역으로 향했다.

"애들이 이젠 잘하는군요."

"강윤 씨 덕이에요. 현지가 강윤 씨와 일을 하면 안 되는 게 없다 말했는데, 그 이유를 저도 알 것 같네요."

"하하……."

이런 말을 들을 때마다 강윤은 민망했다. 그 마음을 아는 지 모르는지 최찬양 교수의 말은 계속되었다.

"저 사실 다 압니다."

"네?"

"강윤 씨가 애들한테 준 악보, 현아가 작곡한 거죠?"

강윤은 조용히 웃었다. 긍정의 표시였다.

"악보의 글씨체를 보니 바로 알 수 있었어요. 강윤 씨가 애 악보를 가로챌 리는 없고……. 이유가 궁금해 나중에 현아한테 물어봤어요. 자기가 나서지 못해 강윤 씨가 대신 나선 거라 하더군요."

"현아가 작곡을 잘했습니다. 그 덕입니다."

"그래도 그걸 모두에게 선보인 건 강윤 씨잖아요. 짧지만 기획자의 힘을 볼 수 있었던 것 같아요. 간접적으로 모두에게 의도한 것을 하게 만든다. 기획자란 그런 멋진 존재였네요."

최찬양 교수의 칭찬에 강윤은 멋쩍어졌다. 그는 가는 길에 음료수를 뽑아주며 강윤에게 작곡과 친구들과 잘 지내달라 부탁했다.

역에 도착한 두 사람은 근처 버스 정류장에서 오는 버스를 기다렸다. 버스가 보일 즈음 최찬양 교수가 자리에서 일어났다.

"곧 대학가요제입니다. 와주실 수 있으신가요?"

"가능하면 시간을 내보겠습니다. 솔직히…… 어떻게 될지는 모르겠습니다."

"부탁할게요. 그럼……."

최찬양 교수와 헤어지고, 강윤도 지하철역으로 향했다.

다시 정신없이 바쁜 일상이 시작되었다.

관계자 쇼케이스 이후, 데뷔는 초읽기에 들어갔다. 소녀들의 연습은 더더욱 강도를 더해서 회사는 비상체제를 가동했다. 강윤의 귀가 시간도 점점 늦어갔다.

"오늘은 이 정도로 끝냅시다."

홍보팀을 넘어 가장 바쁜 팀으로 부상한 기획팀과의 회의를 마친 강윤은 서둘러 사무실로 향했다. 매일 밤늦게 퇴근하는 그였지만 오늘은 달랐다.

쏜살같이 회사를 벗어난 그는 택시를 타고 대학가요제가 열리는 D대학 대운동장으로 향했다.

강윤이 D대학에 도착했을 때는 이미 노래가 한창 들려오고 있었다.

"이런……. 내가 너무 늦었나."

다행히 택시가 가까운 곳에 내려줘 강윤은 그리 많이 걷지 않아도 되었다. 걸으며 최찬양 교수에게 전화를 걸어 어디 있는지 물은 그는 바로 리커버리가 있는 대기실로 향했다.

"어? 형님!"

"오빠!"

헐레벌떡 대기실로 들어가니 모두가 강윤을 반갑게 맞아 주었다. 평소와는 다르게 정장을 입은 강윤의 모습에 놀라는 눈치였다.

"이야, 신수가 훤하네?"

무대 화장을 하고 준비하고 있는 모두를 보며 강윤이 한마디 했다.

특히 평소의 수수한 모습과 달리 화려하게 눈화장까지 한 이현아에게 강윤은 시선을 집중했다.

"눈화장이 잘됐는데? 직접 한 거야?"

"아뇨. 미영 언니가 해주셨어요."

문미영이 손가락으로 브이를 그렸다. 막내의 화장에 자부심을 느끼는 그녀였다.

강윤은 특별히 할 일이 없어 모두와 간단하게 대화를 하곤 밖으로 나섰다. 빈 객석을 찾아 이동하려는데 그의 소매를 누군가가 붙잡았다. 돌아보니 이현아였다.

"현아야. 무슨 일이야?"

"그게…… 고맙다고 인사하려고요."

"이렇게 붙잡고 감사하다고?"

"……."

강윤의 가벼운 농담에 그녀는 얼굴이 빨개졌다. 강윤은 그 모습이 귀여웠는지 웃어버렸다.

"하하하. 장난이야. 어때? 긴장했어?"

"……안 된다면 거짓말이죠."

"긴장된다면…… 어쩐다. 아, 이렇게 할래?"

강윤은 잠시 생각하곤 이야기했다.

"나, 저기 앞에 있을 거거든. 나만 보고 부르는 거야. 어때?"

"푸읍!"

그 말이 어이가 없었는지 그녀는 웃음을 터뜨렸다. 애인도 아니고 이게 무슨 말인지. 강윤은 그녀가 웃자 함께 웃었다.

"어때? 긴장 좀 풀렸어?"

"그건 모르겠는데, 애인도 아니고……. 뭐예요, 그게. 저 꼬시는 거예요?"

"수갑 찰라. 아무튼, 무대라는 거 생각보다 별거 아냐. 마음에 지지 마. 알았지?"

강윤은 그녀의 어깨를 툭툭 쳐주곤 객석으로 향했다.

'마음에 지지 말라고?'

무슨 말인지 몰랐지만, 그녀는 강윤의 말을 마음에 새겨 넣었다. 왠지 모르게 그의 말이 지금 꼭 필요하다는 생각이 들었다.

 "현진 씨, 김밥을 먹는데 찢어지지가 않아요. 왜 그런지
아세요?"

 "돌김이라서요?"

 "……."

 MC들이 썰렁한 멘트로 시간을 끄는 동안 무대 위는 한창
다음 가수의 무대가 준비되고 있었다. 앰프에 악기가 연결되
고 드럼을 원하는 위치에 세팅하며 신디사이저의 높이를 맞
추는 등 착착 세팅이 이루어지고 있었다.

 "그럼 이것도 맞춰 볼래요? 왕이 넘어지면 뭐라 하는지 알
아요?"

 "킹콩."

 "……."

 "크흠흠흠."

 사회자 양현진과 주민국은 썰렁한 개그를 하며 시간을 끌
다가 무대가 준비되었다는 신호를 받았다.

 "이제 준비가 되었다네요. 힘들었습니다."

 주민국이 가벼운 말로 투덜거렸다. 그러자 양현진이 가볍
게 받았다.

 "제가 더 힘들었죠. 자, 이제 그만하고 소개해 주시겠어
요, 민국 씨?"

"네. 다음 가수입니다. 전원 작곡을 위해 모인 분들입니다. 한려예술대학 소모임 밴드, 리커버리입니다!"

카메라가 일제히 무대를 비췄다. 조명이 켜지며 드럼이 스틱으로 네 박자를 세며 리커버리의 무대가 펼쳐지기 시작했다.

7화
대학가요제가 남긴 끈

긴장을 풀고 이현아는 무대 위에 올라갔다. 그러나 마이크를 잡고 눈을 드니 꽉 들어찬 관객석이 들어왔다. 엄청난 숫자의 주목에 그녀는 확 움츠러들었다.

'리허설하고 완전히 다르잖아.'

야광봉을 흔들며 환호하는 사람들, 아이와 함께 손을 들고 소리치는 사람들에 젊은이들은 벌써부터 뛰겠다는 기세로 엉덩이를 들썩이고 있었다.

이 모든 풍경이 자신을 중심으로 벌어지고 있었다. 모두가 이현아, 그녀를 응시하고 있었다. 침이 저절로 넘어갔다.

긴장에 몸이 굳었을 때, 뒤에서 드럼 스틱으로 박자를 치는 소리가 났다. 그와 함께 베이스의 미끄러지는 연주가 시작되었다.

'아직 아닌데.'

무대를 보던 강윤은 리더 민찬민에게서 조급함을 느꼈다. 그가 보기에 이현아는 준비가 되지 않았다. 그런데 민찬민은 그런 이현아를 모습을 제대로 살피지 못한 것이다. 그의 걱정대로 이현아는 뒤로 손을 흔들며 음악을 중단시켜 버렸다.

"죄송합니다."

이현아는 관객들과 심사위원들에게 양해를 구했다. 초반, 노래도 들어가지 않아 중단할 수 있었지만 이미 관객들과 심사위원들의 눈이 좋지 않았다. 앞에서는 김샜다는 분위기부터 뒤에선 이현아에게 언제 시작할 거냐며 재촉을, 앞에서도 비슷한 시선을 보내니 이현아는 미칠 것 같았다. 모두가 그녀를 압박하고 있었다.

그런데 그때, 그녀의 눈에 앞자리에 앉아 있는 강윤이 들어왔다. 그는 어디서 구했는지 모를 스케치북을 높이 들어 올리고 있었다. 거기에는 크게 단 세 글자가 적혀 있었다.

-괜찮아.

그런데 강윤의 그 말에 거짓말같이 그녀의 마음이 차분해졌다. 사방의 압박에서 무슨 일이 있어도 자신의 편이 돼주는 사람이 있다는 데서 오는 편안함이었다. 이현아는 강윤과 눈을 마주하며 편안하게 말했다.

"아아……. 죄송합니다. 시작할게요."

짧은 시간이었지만, 기다리는 관객들에겐 긴 시간이었다.

처음과 다르게 이미 분위기는 식어 있었다. 그러나 그녀는 아랑곳하지 않았다. 그녀의 시선은 오직 강윤에게 가 있었다.

이현아의 준비 신호가 들어오자 드럼 스틱의 네 박자와 함께 베이스가 미끄럼을 탔다. 묵직한 저음의 리듬 위에 신디사이저와 기타의 맑은소리가 실리기 시작했다.

-나 이렇게 그대 곁에 있어, 지난날을 지나 희망의 돛을 펼쳐가~

이현아의 파워풀한 목소리가 강렬한 방점을 찍었다. 실망했던 관객들의 불씨가 조금씩 살아나기 시작했다. 사람들의 환호가 점점 커지기 시작하자 그 소리에 맞춰 그녀의 노래도 점차 힘을 더해갔다.

-거친 바람에 내 눈물 흐르지만~ 이내 멈춘 것은 그대를 만난 순간-!

일렉트릭 기타의 디스토션에 베이스의 저음이 어우러지며 이현아의 노래를 화려하게 장식해 갔다. 가볍게 구겨지며 느낌을 살리는 기타 소리는 그녀의 노래를 더더욱 맛깔나게 살리고 있었다. 거기에 정박을 딱딱 찍어주는 드럼은 자신의 자리를 정확히 지켜주고 있었다.

'분위기 좋네. 조명이 못 따라가니 조금 아쉽군.'

강윤은 음표들이 만드는 강한 하얀빛을 보며 리커버리의 무대를 평가했다. 아직 이현아의 시선이 자신에게 있는 걸 알고 스케치북은 여전히 들고 있었다. 몇몇 사람들의 시선이 오갔지만, 공연에 영향이 갈까 내리거나 하지 않았다.

－이렇게－ 그대 가슴에 사랑한다 새기고 내 마음엔 희망을－!

노래가 절정으로 흐르기 시작했다. 기타의 음도 높아져 관객들을 흥분의 도가니로 빠뜨렸다. 이미 대학생들은 앞에서 뛰고 있었고 뒤의 관객들도 박수를 치며 즐기고 있었다. 강윤은 더더욱 강해지는 하얀빛을 보며 공연의 성공을 확신했다.

－희망으로－ 우리 함께해－!

민찬민이 드럼을 화려하게 돌리고, 기타가 음을 최고로 올리며 사람들의 환호가 최고조에 달했다. 이현아의 소리가 공연장 전체를 장악했다. 리커버리의 빛이 공연장 전체에 스며드는 것을 보며 강윤은 조용히 박수를 쳤다.

"감사합니다!"

"와아아아－!"

화려한 음악이 지고, 이현아의 인사가 끝나자 엄청난 환호성이 그들을 배웅했다. 어느새 처음의 식었던 분위기는 온데간데없이 사라져 있었다.

대학가요제가 끝났다.

가장 많은 환호를 받은 참가자는 리커버리였지만 초반 준비 시간이 문제가 되어 대상은 다른 참가자에게 돌아갔다.

의아해하는 관객들도 많았지만, 심사는 공평했다며 심사위원들은 말을 아꼈다.

리커버리는 동상을 받았다. 그러나 플래시 세례는 그들에게 가장 많이 집중되었다. 강윤은 인사를 하고 갈까 하다 기자들이 몰려 있는 것을 보고 바로 돌아섰다. 일과 관련 없이 기자들과 엮이고 싶은 마음은 추호도 없었다.

공연장을 나와 천천히 걷는데 누군가 급히 뛰어와 강윤을 덥석 잡았다. 놀라 돌아보니 이현아였다.

"현아 너, 인터뷰는?"

"그런 거 알 바 아니죠. 도망쳤어요."

"……"

강윤은 당황했다. 대학가요제는 인생을 바꿀 수도 있는 큰 대회였다. 그런 대회에서 동상이나 수상해 놓고 인터뷰를 차버리고 오다니……. 얘도 보통 물건은 아닌 모양이었다.

"빨리 가. 여기서 뭐 하는……."

"고맙습니다."

강윤이 뭐라 하기 전에, 그녀는 깊이 고개를 숙였다.

"오빠가 아니었으면 이런 대회도, 이런 상도 못 받았을 거예요. 이 트로피는 오빠 드릴게요."

그녀는 '30회 대학가요제 동상'이라고 크게 쓰여 있는 트로피를 강윤에게 내밀었다. 그러나 강윤은 고개를 흔들었다.

"내가 이걸 받을 이유가 없어."

"제 노래를 부르게 해주셨고, 오늘 무대에서도 떨지 않게 해주셨어요. 받아주세요."

"네가 잘해서 된 거야."

강윤은 거듭 거절했다. 이런 귀한 트로피를 함부로 받는다는 게 썩 내키질 않았다. 하지만 그녀는 계속 강권했고, 급기야 눈물까지 흘릴 기세였다. 거듭되는 강권에 강윤은 결국 트로피를 받아 들었다.

"이런 건 가족부터 드려야 하는 거 아니냐?"

"사진 다 찍고 와서 괜찮아요."

강윤은 최후의 방어도 실패했다. 결국, 받으며 강윤은 한마디 했다.

"나중에 찾으러 와."

"에이, 그냥 받아주시면 되지 찾으러 오라고요?"

"정 그러면…… 자격이 되었다 싶을 때 달라고 해. 이자까지 얹어서 돌려줄 테니까."

"이자요? 우와."

이자라는 말에 그녀는 바로 승낙했다.

강윤은 가방에 트로피를 넣으며 투덜거렸다.

"그럼 나중에 보자. 동상 축하해."

"감사합니다!"

강윤이 손을 흔들며 가는 뒷모습을 보며 그녀는 그 모습이 완전히 사라질 때까지 손을 흔들었다.

수험생들의 가장 큰 행사, 수학능력시험이 다가오자 날씨가 점차 쌀쌀해졌다. 학생들의 점퍼가 두꺼워졌고 목도리까지 등장했다.

그러나 소녀들의 연습실은 오히려 더욱 뜨거웠다. 그녀들에게서 피어오르는 열기는 추운 연습실 탓에 더더욱 눈에 띄고 있었다. 거울에서도 비치는 모습이 마치 타다 만 장작과도 같았다.

"아, 더워."

정민아는 가슴골을 훤히 드러낸 채로 투덜거렸다. 격렬한 움직임 탓에 온몸은 이미 땀투성이였다.

"옷이 그게 뭐야?"

"난 몸매가 되니까 괜찮아. 너도 입어봐. 시원해."

"……."

한주연의 말에 정민아는 은근한 디스로 답했다. 한주연이 시무룩해지자 서한유가 달래주었지만, 정민아는 그녀의 그곳에 눈길을 한번 보냈다. 확인사살에 한주연의 고개가 더더욱 떨궈졌다.

그녀들이 잠깐의 쉬는 시간을 누리는데 연습실 문이 벌컥 열렸다. 서류를 들고 온 강윤이었다.

"꺄아악!"

그런데 강윤은 들어오자마자 난데없는 비명 소리에 귀 테러를 당했다. 강윤이 무심코 눈을 돌리니 복부가 훤히 드러난 정민아가 분홍 탱크톱 차림을 하고 있었다.

"뭐야?"

"갑자기 이게……! 나가요!"

건강미 넘치는 복장이었지만 강윤은 그러려니 하며 무심히 다른 소녀들에게 눈을 돌려 버렸다.

"난 또 속옷이라도 되는 줄 알았지. 자자, 주목. 잠깐만 앉아볼래?"

강윤에게 무시당한 정민아를 보며 모두가 킥킥거렸다. 특히 한주연이 그 정도가 심했다. 대놓고 무시를 당한 정민아는 몸을 부들부들 떨며 구석에 있는 옷을 입고 자리에 앉았다.

"연습 많이 했지?"

"네."

"오늘은 중요한 공지 때문에 내려왔어. 두 가지인데 첫 번째는 드디어 데뷔 날짜가 나왔다."

평소에 괄괄하던 소녀들이 차분해졌다. 데뷔라는 말은 그만한 힘이 있었다.

"K 케이블 방송국에서 하는 '뮤직 카운트'에서 데뷔하게 될 거야. 곡은 두 곡. 지금까지 하던 곡들 연습하면 돼. 자세한 일정은 매니저님들 통해 말해줄게."

"네."

소녀들에게서 긴장과 설렘의 표정이 느껴졌다. 쇼케이스에서의 긴장과는 차원을 달리하는 모습이었다. 근 1년간의 준비가 드디어 결실을 보는 순간이 다가온다니, 모두가 가슴이 두근거렸다.

"두 번째로는 여행을 갈 거야."

"네? 여행이요?"

전혀 생뚱맞은 말에 정민아가 대표로 물었다.

"장소는 미국 로스앤젤레스. 데뷔하기 전, 연습생으로서 마지막 여행이라고 생각하면 될 거야. 따로 준비할 건 없어. 모든 경비 회사가 다 부담할 거야. 즐기다 오면 돼."

"앗싸!"

해외여행이라니, 연습생에서 가수가 된다는 것도 놀라운데 해외여행을 보내준다? 소녀들은 너도나도 만세를 불렀다. 연습생에게 이 정도 지원이라니, 도무지 믿기지 않았다.

"일정은……."

강윤은 들고 온 서류들을 나누어 주었다. 데뷔 3주 전 여행을 간다는 것과 일정은 1주일이라는 것까지 상세하게 적혀 있었다. 물론 모두가 여권이 있기에 가능했다.

느닷없는 미국행에 설렘으로 가득한 소녀들의 모습을 보며 강윤은 조용히 밖으로 나갔다.

'예산이 좀 들긴 하지만, 이 정도야.'

여행비용이라니, 재가를 받을 때 말이 많았다. 그러나 지금 보는 게 많아야 가수가 되어서 더 다양한 영역에서 활약할 기반이 마련될 것이라는 명분을 내세워 밀어붙이니 결국은 통과되었다. 물론 그 뒤에는 강윤이 이사들의 값비싼 출장비를 문제 삼을 거라는 정보를 먼저 흘린 것도 한 원인이었다.

강윤이 사무실로 올라가 책상에 앉으니 휴대전화가 진동했다. 이현아에게서 온 문자였다.

-오빠오빠, 바쁨요? *^.^*

-ㅇㅇ

강윤은 쿨 하게 답장을 보내곤 사무실로 복귀했다. 그런데, 사무실에 복귀했을 때 전화가 왔다.

-오빠. 저 현아예요.

"무슨 일이야?"

-근처 지나다가 전화했어요. 많이 바쁘세요?

"일이 좀 많네."

그의 책상 위엔 결재를 바란다며 일들이 쌓여 있었다.

-아, 그래요? 점심시간이라 전화 드렸는데…….

강윤이 시계를 보니 때마침 점심시간이었다.

"점심 먹자고?"

-네. 제가 사드릴게요.

사준다는 점심을 마다할 이유가 없었다. 강윤은 지갑을 챙겨 바로 자리에서 일어났다.

이현아는 MG엔터테인먼트 근처의 한 감자탕 집에 있었다.

"여기에요."

강윤이 앉자 때를 맞춰 감자탕이 보글보글 끓기 시작했다. 미리 시켜놓은 그녀의 센스 탓이었다. 시장했던 강윤은 이내 밥을 들었고 순식간에 한 그릇을 뚝딱 해치웠다.

식사가 끝나고 여유가 찾아오자 그녀가 차분히 입을 열었다.

"오빠, 저 리커버리 그만뒀어요."

강윤은 조금 놀랐다. 동상까지 받아놓고 그만두다니. 연유가 궁금했다.

"고민 많이 했어요. 리커버리에 있으면 여러 가지 일들이 많을 것 같았는데……. 오빠들이나 언니들이나 한 고집 하잖아요. 제 말은 듣지도 않고."

"설득하려는 노력부터 해보는 게 우선 아닐까?"

"제가 그럴 능력이 없어요."

그녀는 명확히 선을 그었다. 여기에 대해선 더 끼어들 여지가 없다 판단한 강윤은 말을 아끼며 이현아의 말에 귀를 기울였다.

"교수님한테도 상담을 해봤는데, 여기에 나가서 다른 음악을 접하는 것도 괜찮겠다고 말씀해 주셨어요. 목소리도 좋고 작곡 센스도 있는데 리커버리라는 틀 안에 갇혀 있는 것도 안 좋을 거라 말씀하셨어요."

"어려운 문제다."

"그래도 이번에 제 노래가 된다는 걸 확실히 알았잖아요. 그래서 이번엔 다른 곳에 도전해 보려고요."

"어디에?"

"홍대요."

강윤은 의외의 말에 놀랐다. 홍대라면 인디밴드의 성지라고 불리며 매니아들이 모이는 곳이었다. 그곳에서 발탁되어 방송무대로 나오는 가수들도 상당수였다.

"만만치 않을 거야."

"괜찮아요. 저 젊잖아요?"

"그렇긴 하지."

"그전에 오빠한테 '괜찮아'라는 말을 듣고 싶어서 왔어요."

강윤은 그녀의 의도를 알 수 있었다. 말은 당당하게 하고 있었지만, 그녀는 불안해하고 있었다.

'이현아가 홍대에서 성공할 수 있을까?'

강윤은 잠시 가늠해 봤다. 리커버리는 엄밀히 말하면 악기 실력이 좋은 밴드라고 하기는 힘들었다. 그렇다면 좋은 곡과 좋은 목소리가 대학가요제에서 동상을 만든 원동력이라 할 수 있었다. 가능성? 있었다.

생각을 마친 강윤은 차분히 말했다.

"넌 잘할 거야."

"정말요?"

그녀가 다시 물었다. 강윤은 흔들리지 않고 대답했다.

"물론."

"그렇죠?"

강윤의 흔들림 없는 답에 이현아는 씨익 웃었다.

♪ ♪ ♪ ♫ ♪

"우와아아아아아아아아아———!"

밴에서 내린 소녀들은 공항에서 내리자마자 주변이 떠나가라 소리를 질렀다. 수많은 외국인 하며 거대한 캐리어를 수레에 싣고 다니는 사람들에 총을 메고 순찰을 도는 경찰 등 모든 것들이 새로웠다.

"조용조용."

한태형 매니저 팀장이 소녀들에게 주의하라고 하였다. 그는 지금 여고 교사가 된 기분이었다. 그의 뒤에선 김지현, 김세휘 매니저에 신입 임태군 매니저까지 짐을 한가득 들고 소녀들을 뒤따르고 있었다.

대목이 지나갔지만 11월의 공항은 사람들로 북적였다. 강윤은 강윤대로 정신없었다. 소녀들이 우와 소리를 내며 주변을 돌아볼 때 강윤은 저 소녀들의 수속을 밟아갔다.

그리고 모두가 면세점 안에 들어갔다.

"신세계다……."

수없이 들어선 가계들을 보며 정민아가 넋을 놓았다. 밑으로 끝없이 이어진 에스컬레이터하며 금발 머리를 늘어뜨린 외국인에 입구에서 울려 퍼지는 전자바이올린 공연까지. 면세점 안은 모든 것이 새로웠다.

"Country Girl. Hurry up."

크리스티 안은 저 멀리 떨어져 멍하니 있는 정민아를 재촉했다. 그러나 그녀는 여전히 멍한 얼굴이었다. 결국, 서한유가 그녀를 잡아끌고 왔다.

"신세계……. 신세계야."

"언니, 정신 차려요."

서한유도 주변이 온통 새로웠지만, 매니저들 뒤를 졸졸 따라다녔다. 언니들이 가방이며 옷들에 눈을 돌릴 때도 그녀는 모범생답게 뒤를 놓치지 않았다.

강윤은 쇼핑을 원하는 소녀들의 마음을 알았는지 웃으며 말했다.

"비행기 시간까지 3시간 남았으니까 2시간 동안 자유시간을 갖자. 121번 게이트 앞에서 모이는 거야."

"네!"

소녀들은 셋씩 나누어 활동을 시작했다. 물론, 매니저들에게 조용히 따라가 보라는 말은 잊지 않았다. 인터넷에 멤버가 공개된 이상 만약을 대비해야 했다.

모두가 떠나가고, 강윤은 혼자 남았다. 그는 들고 온 책을 펼쳤다. 화성학 책이었다.

'이건 이렇게 푸는 거였군.'

콩나물이 음표로 보이는 기적을 만들기 위해, 강윤은 책을 손에서 놓지 않았다.

2시간은 금방 흘러갔다.

소녀들이 모이고 이어 매니저들이 복귀했다. 소녀들은 아이쇼핑을 마음껏 할 수 있었다며 기뻐했다. 물론, 실제로 물건을 사진 못했다. 명품들은 아직 그녀들에겐 무리였다.

—잠시 후에 로스앤젤레스로 출발하는 XX 항공 탑승을 시작합니다. 승객 여러분께서는 121번 게이트에서…….

공항 전체에 드디어 탑승하라는 방송이 울려 퍼졌다. 강윤 일행은 비행기 표를 들고 비행기에 탑승을 시작했다.

그렇게 모두가 미국으로 출발했다.

to be continued

예성 장편소설

그라운드의 사령관

촉망받던 야구 유망주 정찬열!

국내 구단의 러브콜을 거절하고 미국행을 선택했지만
별다른 활약을 보이지 못한 채 묻혀 버렸다.

그런 어느 날,
그에게 기회가 찾아왔다!

눈을 떠 보니 고등학교 3학년?

아직 계약하기 전이라고?!

"두 번 다시 같은 실패는 하지 않겠다!"

야구 역사의 한 획을 긋는 그 현장에
지금, 함께하라!

KILL THE DRAGON

킬 더 드래곤

백수귀족 현대 판타지 장편 소설

인간 VS 드래곤

지구를 침략한 드래곤!
3년에 걸친 싸움은 인간의 승리로 돌아갔지만
15년 후,
드래곤의 재침공이 시작되었다!

드래곤을 죽일 수 있는 건 오직 사이커뿐!

인류의 존망을 건 최후의 전쟁.
그 서막이 오른다!

Wish Books

내 안에 몬스터 있다

형상준 현대 판타지 장편소설

태양의 흑점 폭발과 함께 새로운 시대가 찾아왔다!

마나와 능력자, 그리고 몬스터가 존재하는 현대.
그리고 그곳을 살아가는 마나석 가공 판매업자 김호철.
평소처럼 마나석을 탄 꿀물을 마시던 그는
번개에 맞고 신비로운 힘을 각성하게 되는데……

'내 안에서 몬스터가…… 나왔다?'

그것도 김호철이 먹은 마나석의 개수만큼 많이.

우지호 장편소설

빅 라이프

돈도 없고 인기도 없는 무명작가 하재건,
필사적으로 글을 써도
절망뿐인 인생에 빛은 보이지 않는데…….

어느 날,
그가 베푼 작은 선의가
누구도 믿지 못할 기적이 되어 찾아왔다!

'글을 쓰겠다고 처음 결심했던 때를
잊지 말게.'

무명작가의 인생 대반전!
지금 시작됩니다.

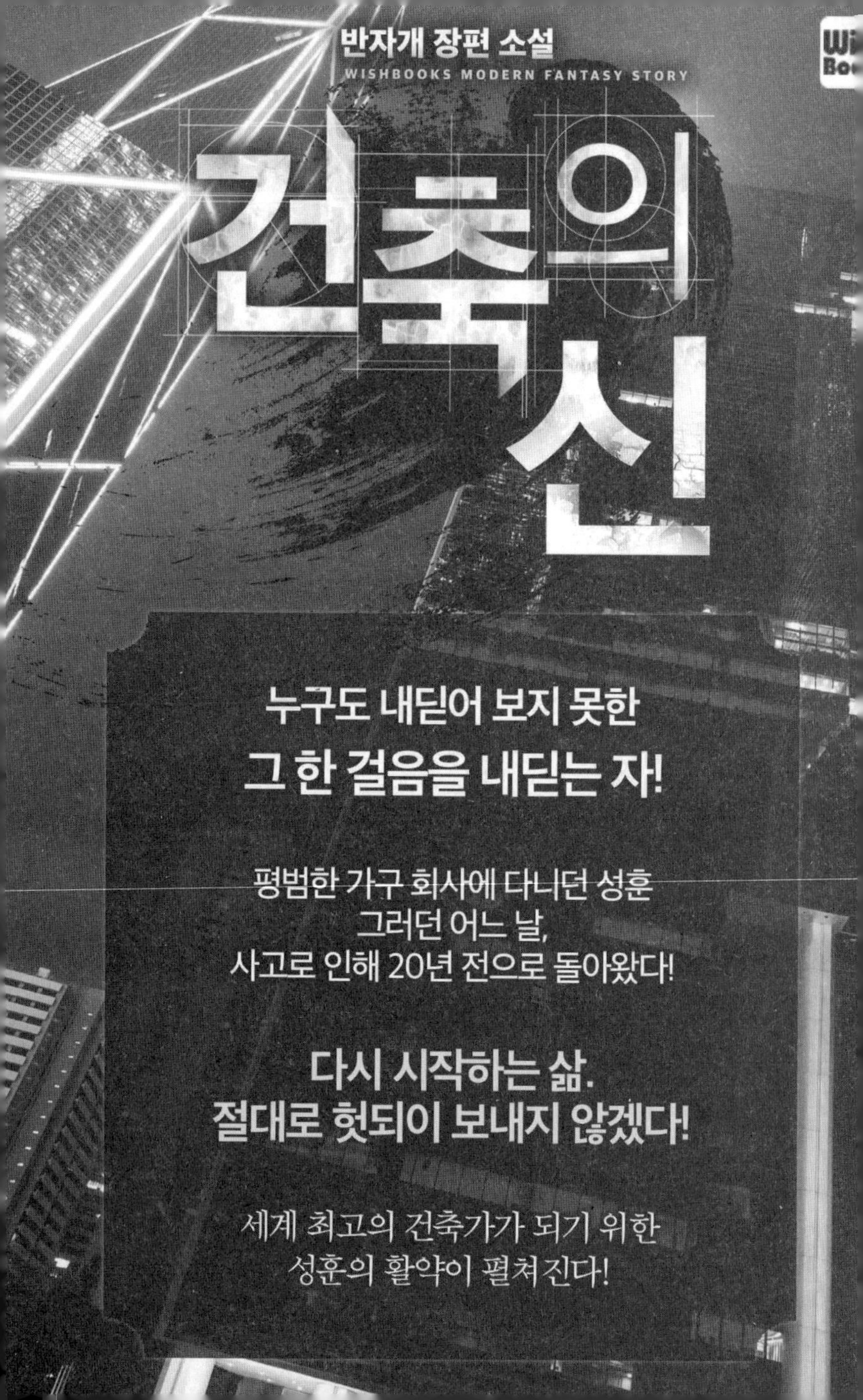
반자개 장편 소설
WISHBOOKS MODERN FANTASY STORY
건축의 신
누구도 내딛어 보지 못한
그 한 걸음을 내딛는 자!
평범한 가구 회사에 다니던 성훈
그러던 어느 날,
사고로 인해 20년 전으로 돌아왔다!
다시 시작하는 삶.
절대로 헛되이 보내지 않겠다!
세계 최고의 건축가가 되기 위한
성훈의 활약이 펼쳐진다!